COLLECTION FOLIO

Scholastique Mukasonga

Inyenzi
ou
les Cafards

Gallimard

Scholastique Mukasonga, née au Rwanda, vit et travaille en Basse-Normandie. Son premier ouvrage, *Inyenzi ou les Cafards*, nominé au Los Angeles Times Book Prize, a obtenu la reconnaissance de la critique et a touché un large public ; le deuxième, *La femme aux pieds nus*, a figuré dans la sélection de printemps du Renaudot 2008, a remporté le prix Seligmann 2008 « contre le racisme, l'injustice et l'intolérance », et a été finaliste du National Book Award 2019 ; le troisième, *L'Iguifou*, a été couronné par le prix Renaissance de la nouvelle 2011 et le prix Paul Bourdarie 2011 décerné par l'Académie des sciences d'Outre-mer ; le quatrième, *Notre-Dame du Nil*, a obtenu trois prix : le prix Ahmadou Kourouma décerné par le Salon international du livre et de la presse de Genève, le prix Océans France Ô et le prix Renaudot 2012, il a aussi figuré parmi les dix meilleurs romans de l'International Dublin Literary Award, a été finaliste du prix Emerging Voices du Financial Times, et sa traduction danoise a été récompensée par le prix des ambassadeurs francophones du Danemark ; le cinquième, *Ce que murmurent les collines*, a reçu le Grand Prix SGDL de la nouvelle 2015. Ses romans suivants, *Cœur tambour* (2016) et *Un si beau diplôme !* (2018), ont reçu un très bel accueil critique. *Kibogo est monté au ciel* a paru en 2020. En 2013, Scholastique Mukasonga a été décorée chevalier des Arts et des Lettres. En 2015, le prix Francine et Antoine Bernheim pour les lettres et les arts de la Fondation du judaïsme français lui a été attribué pour l'ensemble de son œuvre.

À tous ceux qui ont péri dans le génocide
à Nyamata,
à Cosma, mon père,
à Stefania, ma mère,
à Antoine, mon frère, et ses neuf enfants,
à Alexia, ma sœur, et son mari, Pierre Ntereye,
et leurs enfants,
à Jeanne, ma sœur cadette, et ses enfants,
à Judith et Julienne, mes sœurs,
et leurs enfants,

à tous ceux de Nyamata qui sont nommés
dans ce livre et à tous ceux, plus nombreux,
qui ne le sont pas,

aux rares rescapés qui ont la douleur
de survivre.

Toutes les nuits, mon sommeil est traversé du même cauchemar. On me poursuit, j'entends comme un vrombissement qui monte vers moi, une rumeur de plus en plus menaçante. Je ne me retourne pas. Ce n'est pas la peine. Je sais qui me poursuit... Je sais qu'ils ont des machettes. Je ne sais comment, sans me retourner, je sais qu'ils ont des machettes... Parfois aussi, il y a mes camarades de classe. J'entends leurs cris quand elles tombent. Quand elles... À présent, je suis seule à courir, je sais que je vais tomber, qu'on va me piétiner, je ne veux pas sentir le froid de la lame sur mon cou, je...

Je me réveille. Je suis en France. La maison est silencieuse. Mes enfants dorment dans leur chambre. Paisiblement. J'allume la lampe de chevet. Je vais dans la salle m'asseoir devant une petite table. Sur la table, il y a une boîte en bois et un cahier d'écolier à couverture bleue. Je n'ai pas besoin d'ouvrir la boîte, je sais ce qu'elle contient : un morceau de brique tout érodé, une feuille desséchée, une pierre plate et effilée, aux arêtes tranchantes, des lettres écrites sur des feuilles de cahier.

Sur la table aussi, il y a une photo. C'est une photo de mariage : le mariage de Jeanne, ma sœur cadette. Ils sont tous réunis : la mariée dans sa robe blanche, une robe que j'ai fait faire chez un tailleur pakistanais à Bujumbura, Emmanuel, le marié, à l'étroit dans son costume, mon père, son pagne blanc noué sur l'épaule, ma mère toute frêle, drapée dans sa tenue du dimanche. Je cherche Antoine, mon frère aîné, et ses neuf enfants, ma grande sœur Alexia et son mari, Pierre Ntereye, qui est professeur à l'université, et Judith, l'aînée de la famille qui a fait la cuisine pour la noce car, à Kigali, elle a appris à faire la cuisine « moderne », et tous les neveux et toutes les nièces et tous ceux de Nyamata, de Gitwe, de Gitagata. Ils vont mourir. Peut-être le savent-ils déjà.

Où sont-ils à présent ? Dans la crypte mémoriale de l'église de Nyamata, crânes anonymes parmi tant d'ossements ? Dans la brousse, sous les épineux, dans une fosse qui n'a pas encore été mise au jour ? Je copie et recopie leurs noms sur le cahier à couverture bleue, je veux me prouver qu'ils ont bien existé, je prononce leurs noms, un à un, dans la nuit silencieuse. Sur chaque nom je dois fixer un visage, accrocher un lambeau de souvenir. Je ne veux pas pleurer, je sens des larmes glisser sur mes joues. Je ferme les yeux, ce sera encore une nuit sans sommeil. J'ai tant de morts à veiller.

I

Fin des années 1950 : une enfance vite troublée

Je suis née au sud-ouest du Rwanda, dans la province de Gikongoro, à l'orée de la forêt de Nyungwe, la grande forêt d'altitude qui abrite, dit-on — mais qui les a vus ? —, les derniers éléphants de forêt. L'enclos de mes parents se situait à Cyanika, au bord de la rivière Rukarara.

Je n'ai d'autres souvenirs du lieu de ma naissance que les nostalgies de ma mère qui, dans notre exil à Nyamata, regrettait le blé que l'altitude permettait de cultiver et avec lequel elle confectionnait des bouillies. Elle nous racontait ses démêlés avec les grands singes batailleurs qui dévastaient les champs qu'elle cultivait à la houe. « Quand j'étais jeune, nous disait-elle, je prenais parfois place parmi les petits bergers qui gardaient les vaches en bordure de la forêt. Et souvent, nous étions attaqués par les singes. Ils marchaient debout, comme des hommes. Ils ne supportaient pas l'insolence de mes compagnons. Ils les attaquaient. Ils voulaient montrer que les singes étaient plus forts que les hommes. »

Mon père n'était pas un aristocrate possesseur de grands troupeaux de vaches comme certains imaginent les Tutsi. Mais il savait lire et écrire, et avait appris le kiswahili, langue utilisée par l'administration coloniale. Aussi servait-il de secrétaire-comptable auprès du sous-chef Ruvebana. Mais, homme à tout faire, il gérait les biens personnels de son patron et, au besoin, allait en prison à sa place. Ma sœur aînée, Alexia, naquit pendant qu'il purgeait la peine pour son chef. Cela lui valut le nom un peu étrange de Ntabyerangode : « Rien-n'est-jamais-tout-blanc ». Ce qui, pour mon père, signifiait que la joie de la naissance de sa fille avait été quelque peu gâchée par son incarcération. Cosma, mon père, se faisait aussi parfois chercheur d'or dans les torrents de la montagne à la frontière du Congo. Il rapportait, dans des boîtes d'allumettes, de minuscules paillettes. Ces maigres pépites ne nous ont jamais enrichis.

En 1958, ma famille suivit le sous-chef Ruvebana, nommé dans la province de Butare. La sous-chefferie se situait à l'extrême sud de la province, sur les crêtes dominant la vallée de la Kanyaru dont le cours marque la frontière avec le Burundi. De notre nouvelle maison, à Magi, au pied du mont Makwaza, sur le rebord abrupt de la crête, on découvrait un horizon immense :

la vallée de la Kanyaru et ses marais de papyrus et, au-delà, une bonne partie de la province de Ngozi au Burundi.

Le mont Makwaza était le domaine d'un grand chef hutu, un igihinza. On le craignait beaucoup. Ma mère le décrivait comme un géant, toujours vêtu d'une peau de léopard. Quand le sommet du mont se couvrait de nuages menaçants, elle nous disait : « Quelqu'un a dû mettre l'igihinza en colère, soyez sages. » Dans nos terreurs enfantines, il nous semblait que l'ombre immense de l'igihinza assombrissait alors le flanc de la montagne. Personne n'osait s'aventurer au pied du mont Makwaza, la nuit tombée, de peur de troubler les veillées de l'igihinza dont, croyait-on, nous apercevions, tout là-haut près du sommet, rougeoyer le feu.

Mes frères aînés, Antoine et André, et ma grande sœur Alexia allaient à l'école. Ma mère travaillait aux champs. À la maison, on ne voyait que rarement mon père ; il avait un bureau, qui existe encore, face à la résidence du sous-chef, mais il l'occupait rarement car il vaquait sur son vélo à des occupations qui restaient pour moi profondément mystérieuses. Le vélo, le seul de la contrée, donnait à mon père un grand prestige, prestige encore renforcé par le stylo qui dépassait de la pochette de sa chemise, marque incontestée de son autorité. Dès qu'ils apercevaient sa silhouette pédalant sur l'étroit sentier de la crête, les enfants du village criaient « Voilà Cosma ! Voilà Cosma ! » et tous le suivaient en cortège jusque devant la maison. Ma mère, entendant les cris, mettait à réchauffer la marmite de haricots et de bananes toujours prête pour les retours inopinés de mon père. Cette marmite qui était réservée au repas de mon père, je la revois encore. Elle était haute, toute noire mais brillante à l'intérieur, elle était en fonte, très épaisse. C'était le seul ustensile de cuisine en métal que nous possédions. Elle avait un nom : Isafuriya ndende, la « grande casserole ». Mon père racontait qu'il l'avait achetée à un colporteur de Zanzibar. C'était un objet très précieux, si précieux que ma mère ne voulut pas l'abandonner quand on nous chassa de Magi. Et la fameuse marmite nous suivit dans notre exil à Nyamata.

Nous habitions toujours une case en torchis au toit de paille, mais mon père entreprit de faire construire sur la concession une maison en brique. Il s'était endetté pour cela. Ma mère attendait avec appréhension d'emménager dans une maison semblable, ou presque, à celles des Blancs — un urutare, un « gros rocher », comme elle disait. Elle regretta toujours la chaude intimité de la grande hutte d'herbes artistement tressées qu'elle avait connue dans son enfance.

Moi, je passais mes journées auprès des potiers qui avaient installé leur camp dans le bois d'eucalyptus en face de la maison. C'étaient des Batwa, groupe tenu à l'écart par le reste de la population rwandaise. Les premiers Européens leur attribuèrent, bien à tort, le nom de Pygmées. Boniface, le patriarche de la « tribu », m'accueillait comme si j'avais été sa propre fille et ma mère, quant à elle, ne trouvait rien à redire à ce que j'aille jouer avec les enfants de ceux que la tradition considérait comme des parias. Souvent, elle donnait des haricots et des patates douces pour les enfants et, en échange, les Batwa apportaient leurs plus jolis pots.

*

Les premiers pogromes contre les Tutsi éclatèrent à la Toussaint 1959. L'engrenage du génocide s'était mis en marche. Il ne s'arrêterait plus. Jusqu'à la solution finale, il ne s'arrêterait plus.

Les violences contre les Tutsi n'épargnèrent évidemment pas la province de Butare. J'avais trois ans et c'est alors que les premières images de terreur se sont gravées dans ma mémoire. Je me souviens. Mes frères et ma sœur étaient à l'école. J'étais à la maison avec ma mère. Soudain on a vu des fumées s'élever de partout, sur les pentes du mont Makwaza, de la vallée de la Rususa, là où habitait Suzanne, la mère de Ruvebana qui, pour moi, était comme ma grand-mère. Et puis on a entendu des bruits, des cris, une rumeur comme un essaim de monstrueuses abeilles, un grondement qui envahissait tout. Ce grondement, je l'entends encore aujourd'hui, comme une menace qui monte vers moi, et parfois, en France, dans la rue, je l'entends gronder, je n'ose pas me retourner, je hâte le pas, n'est-ce pas toujours cette même rumeur qui me poursuit toujours ?

Aussitôt, ma mère m'a mise dans son dos : « Vite, il faut aller chercher les enfants pour qu'ils ne prennent pas le chemin de la maison. »

Mais à ce moment une bande a surgi en hurlant, avec des machettes, des lances, des arcs, des massues, des torches. Vite, nous nous sommes cachées dans la bananeraie. Alors les hommes toujours hurlant se sont précipités dans notre maison : ils ont mis le feu à la case couverte de paille, aux étables pleines de veaux ; ils ont éventré les greniers de haricots, de sorgho : ils se sont acharnés sur la maison en brique que nous n'habiterions jamais. Ils ne pillaient pas, ils voulaient simplement détruire, effacer toutes traces, nous anéantir.

Ils ont failli réussir. De l'enclos de mes parents, à Magi, il ne reste qu'un grand ficus. Sur un tas de gravats, j'ai ramassé un petit morceau de brique : je veux croire qu'il provient de notre maison. De la bananeraie, une vieille femme a couru vers moi en maugréant : Qui était cette inconnue ? Pourquoi venait-elle rôder auprès de sa pauvre cahute ? Je restais silencieuse, incapable de poser une question tandis qu'elle continuait à parler comme pour elle-même. Soudain j'ai entendu qu'elle prononçait le nom de Cosma. Cosma ? Cosma, oui, elle s'en souvenait ou elle en avait entendu parler. Mais le jour où on a détruit sa maison, elle n'était pas là, elle était malade ou alors peut-être bien qu'elle se mariait. Pourquoi parler de tout cela ? C'est si vieux. Est-ce que j'étais venue pour la chasser de sa pauvre maison ?

Je regarde le grand ficus. Non, les assassins n'ont pas réussi. Mes deux fils sont vivants. Ils ont vu le grand ficus qui garde la mémoire, comme lui, ils se souviendront.

Je ne sais pas comment ma mère a fait pour récupérer Antoine, André et Alexia. Nous nous sommes tous retrouvés dans l'enclos du sous-chef. Les familles tutsi qui avaient échappé à la tuerie et dont les maisons avaient été incendiées y avaient spontanément cherché refuge. Il me semble que mon père avait plus ou moins essayé d'organiser le rassemblement. Dans la nuit, on a pris la route de la mission de Mugombwa. Selon mon frère André, ce sont des paras belges qui organisèrent le transfert. « Pour nous impressionner, raconte-t-il, l'un d'eux jeta une grenade sur un chien qui fut déchiqueté. » Les Tutsi savaient désormais à quoi s'en tenir.

Les réfugiés furent installés dans l'église de Mugombwa et les salles de classe de la mission. Ils y restèrent à peu près deux semaines. Dans ma tête de petite fille, je trouvais cela fantastique. On était très nombreux. Il y avait les mamans qui faisaient la cuisine dans la cour. Mes frères et ma grande sœur n'allaient plus à l'école. Ma mère n'allait plus cultiver. Les enfants jouaient toute la journée et on mangeait ce qu'on ne mangeait jamais à la maison : du riz ! C'était étrange, tout le monde couchait par terre, dans la même salle, même les parents ! Je n'avais plus peur !

J'ai revu les bâtiments des écoles où nous étions entassés. À côté, en 1976, on a bâti une église bien plus vaste. En avril 1994, les Tutsi s'y sont réfugiés ou y ont été poussés. On m'a raconté que le père « Tiziano », c'est ainsi que les gens de Mugombwa l'appellent, un Italien, a fermé les portes de l'église avec un cadenas et s'est enfui au Burundi en déclarant que tout irait bien. Aujourd'hui, le toit de tuiles criblé d'impacts de balles et d'éclats de grenades a été remplacé par une audacieuse charpente métallique. Le dimanche, l'église est comble. Combien d'assassins parmi la pieuse assemblée ? Les fidèles chantent à pleine voix. Jésus a bon cœur. Il pardonne tous les péchés. Il oublie tout. À la sortie de la messe, les jeunes d'un mouvement catholique hissent le drapeau blanc et or du Vatican frappé du chrisme. Ils chantent, la main sur le cœur, un cantique à la gloire de saint François Xavier. Qui aurait le mauvais goût de parler encore des « événements malheureux », comme disent ceux qui nient avoir participé au génocide et refusent de prononcer le mot ?

Pardonnons-nous les uns les autres, et continuons comme si de rien n'était.

*

Pendant que je jouais devant l'école, il se passait de drôles de choses dans une des salles de classe. Les chefs de famille, m'a expliqué mon frère, comparaissaient les uns après les autres devant une sorte de jury composé de notables hutu. Ils décidaient de ceux qui pouvaient rester et de ceux qu'on devait expulser. En fait, tous les Tutsi dont on avait incendié les maisons étaient promis à l'exil. On voulait peut-être s'assurer que des Hutu n'avaient pas suivi les proscrits.

Un matin, avant le lever du jour, on nous a fait sortir des classes. La cour était pleine de camions. Je n'en avais jamais vu autant. Les moteurs tournaient. Ils avaient les phares allumés qui nous aveuglaient. On criait : « Vite, vite ! Montez, dans les camions. » On n'avait pas eu le temps de prendre les pauvres affaires que nous avions pu sauver. Ma mère n'avait réussi à emporter que la fameuse marmite de fonte noire. Ce fut notre seul bagage. Je pleurais. J'avais perdu mon petit pot à lait qui ne me quittait jamais. Pour ne pas nous égarer dans la bousculade, ma mère nous tenait serrés contre elle. Je m'agrippais à son pagne. Vite, il fallait monter dans les camions. On nous y a entassés comme des chèvres, les uns contre les autres. Il fallait partir immédiatement.

Les camions démarrèrent. Au bord de la route, il y avait foule pour regarder passer le convoi. Les gens criaient : « Voilà les Tutsi qui s'en vont » et ils crachaient vers nous en brandissant des machettes.

Au début, j'étais plutôt contente : un voyage en voiture, cela ne m'arrivait pas souvent. Mais le voyage devenait de plus en plus pénible : il n'en finissait pas, nous étions serrés, les cahots de la piste nous renversaient les uns sur les autres, nous nous débattions pour ne pas suffoquer, nous avions soif, il n'y avait pas d'eau. Les enfants pleuraient. Quand on longeait une rivière ou un lac, les hommes tapaient sur le toit de la cabine du chauffeur pour lui demander de s'arrêter. Mais les camions continuaient à rouler. La nuit était tombée. Personne ne savait où nous allions. Dans le regard de ma mère, je lisais le désespoir. J'avais peur.

II

1960 : exilée de l'intérieur

Je ne sais combien de temps a duré le voyage. Bien plus tard, j'ai appris que le convoi était passé par le Burundi : Ngozi, Kirundo. Enfin les camions se sont arrêtés dans une cour d'école. La chaleur nous a surpris. Nous venions de Butare, des montagnes où il fait toujours frais. Tout le monde mourait de soif. Les femmes allaitaient les enfants qui n'étaient plus au sein pour leur donner quelque chose à boire. Les hommes sont partis à la recherche de l'eau. On était vraiment dans un pays inconnu qui ne ressemblait pas au Rwanda.

Je ne sais quand mes parents se sont rendu compte qu'on les avait déportés à Nyamata, au Bugesera. Le Bugesera ! Le nom avait quelque chose de sinistre pour tous les Rwandais. C'était une savane presque inhabitée, la demeure des grands animaux sauvages, infestée par la mouche tsé-tsé. On disait que le roi y envoyait en exil les chefs tombés en disgrâce.

On s'est vite aperçu aussi que nous n'étions pas les premiers Tutsi à avoir été déplacés à Nyamata. Les gens du Nord, de Ruhengeri surtout, étaient déjà là. On les avait installés autour du village même de Nyamata et au nord de la commune, vers la vallée de la Nyabarongo, à Kanzenze, à Kibungo. Nous autres, les gens du Sud, nous arrivions les derniers. Il y avait dans notre convoi des familles des provinces de Gitarama, de Gikongoro, mais la plupart étaient de la province de Butare. On nous entassa provisoirement dans les classes vides de l'école primaire. Peu à peu, les femmes installèrent leurs cuisines dans la cour, de simples abris faits de quatre piquets et une couverture de paille — des ibikoni. Les enfants allèrent à la recherche des trois grosses pierres qui, selon la tradition, constituent le foyer. Il ne pleuvait pas. C'était la saison sèche, sans doute l'été 1960. Ce dont je me souviens, c'est des soldats. Ils logeaient eux aussi dans la cour de l'école, dans des baraques en tôle. Ils restaient assis là, toute la journée, à ne rien faire, à nous surveiller sans doute, le fusil entre les jambes. Nous les trouvions très noirs. On les appelait les Congolais. Nous autres les enfants, nous n'avions pas peur d'eux. Ils nous donnaient des biscuits, ils avaient toujours des biscuits à nous donner. Nous passions notre temps assis auprès d'eux pour qu'ils nous donnent des biscuits — des ibisuguti. Mais ils ne parlaient pas notre langue.

On ne se parlait pas. Ils nous donnaient des biscuits. C'est tout.

En face de l'école primaire où on nous avait logés, à l'autre bout de la cour où les femmes avaient installé leurs cuisines, s'élevait un vieux bâtiment colonial aux hauts murs blancs. On l'appelait la maison de Tripolo, peut-être le surnom donné à un administrateur belge. C'est dedans qu'on avait emmagasiné les vivres qu'on nous distribuait.

Un soir, peu de temps après notre arrivée, pendant que les femmes s'affairaient à préparer le repas, que ma mère, à laquelle je m'accrochais toujours, s'efforçait de m'écarter un peu de peur de me brûler, on vit, sur le grand mur blanc de la maison de Tripolo, se profiler des ombres gigantesques, et ces ombres parlaient et elles avaient forme humaine. Tout le monde resta figé sur place, fasciné par ces images qui semblaient vivre sur le mur blanc et qui prononçaient des paroles que nous comprenions. C'était en kirundi mais nous comprenions. Il y avait une mère et son enfant. Et l'enfant disait : « *Umutsima uratakaye ma* — J'ai fait tomber la pâte, maman. » Et la mère répondait : « *Hora ndawucumbe ndaguha undi* — Ça ne fait rien, je vais en refaire et t'en redonner. » C'est la seule scène que j'ai retenue du seul film que j'ai vu au Rwanda. Pendant quelques jours, à la tombée de la nuit, nous nous sommes assis devant le grand mur blanc en attendant le retour des images qui bougeaient, mais le mystérieux projectionniste ne s'est jamais plus manifesté.

Au début, les soldats distribuaient les vivres. Tous les matins, les réfugiés faisaient la queue pour obtenir leur *pocho*, leur « ration ». C'était la corvée des hommes. Même les veuves n'y allaient pas. Elles trouvaient toujours une bonne âme pour y aller à leur place. Mais cela se passait mal. Les militaires frappaient à coups de crosse pour faire avancer plus vite. Il y avait des bousculades, des cris. Les Tutsi tenaient par-dessus tout à leur dignité. Ils ne pouvaient supporter les humiliations et les désordres. Aussi une délégation de notables, et parmi eux il y avait mon père, obtint que ce soient les réfugiés eux-mêmes qui fassent la distribution et dès lors tout se passa dans le calme.

La nourriture qu'on distribuait nous paraissait bien étrange. Il y avait une poudre blanche qu'on délayait dans de l'eau. Et ce liquide qui n'avait pas de nom, on nous le donnait à boire. Cela ne pouvait être du lait, cela ne venait pas de la vache, et d'ailleurs, comme l'exige la tradition, on ne boit pas le lait dans des récipients en métal mais dans des pots à lait taillés dans le bois de certains arbres et qui font l'objet d'un grand respect. Les adultes, indignés, ont refusé de boire mais, comme les enfants mouraient de faim, les mamans ont bu, puis elles ont donné le lait en poudre aux enfants.

Et puis il y avait les tomates. Bien sûr, nous

connaissions les tomates, des petites tomates, de la taille des cerises, qui servent à faire la sauce et à cuisiner les bananes. Mais celles qu'on nous donnait étaient grosses. On ne savait qu'en faire. Mes parents refusaient de les manger crues. Mais comme il n'y avait rien d'autre, on obligea les enfants à en manger. C'est en pleurant que j'ai mangé mes premières tomates.

*

Les déplacés de Nyamata espéraient, une fois les troubles apaisés, pouvoir rentrer chez eux. Les familles avaient quitté les salles de classe et avaient construit des cahutes dans la cour et tout autour de l'école. Dans la savane, ce n'était pas l'herbe qui manquait. Mais tout cela devait rester provisoire ; il n'était pas question de s'installer. Nous devions rentrer chez nous, très bientôt, au Rwanda, car, pour tous, Nyamata, ce n'était pas le Rwanda.

Un matin de bonne heure, des camions revinrent. On nous rassembla dans la cour de l'école. Tous pensaient : « Enfin, on vient nous rechercher ; cette fois, l'exil est fini ; on rentre chez nous. » On fit l'appel. Cela ne concernait que quelques familles hutu qui avaient été emmenées par erreur. Elles retournaient au Rwanda, comme nous disions. Il y avait parmi elles celle de Yosefu dont la femme, Nyirabasesa, était hutu. C'étaient des amies : Nyirabasesa et ma mère aimaient se concerter pour savoir comment utiliser la farine jaune et les autres produits inconnus que l'on distribuait. Je jouais avec les enfants. Nous mangions ensemble. Ils sont partis dans des camions presque vides.

Le désespoir s'abattit sur tous ceux qui restaient. Ils avaient compris : jamais ils ne retourneraient chez eux. Ils étaient condamnés parce qu'ils étaient tutsi à vivre comme des parias, des pestiférés, dans une réserve dont ils ne pourraient s'échapper. Pourtant ce désespoir fut le ciment d'une solidarité bien plus forte que n'en avait jamais établie une prétendue conscience ethnique. Les huttes dont j'ai parlé furent construites par la communauté tout entière en fonction des priorités. Comme ma mère était enceinte, ma famille fut parmi les premières à quitter la salle de classe. On creusa des latrines. On organisa des corvées d'eau. Les sages chargèrent Rugereka, le fils de Kagango le sculpteur, du service d'ordre devant la source de Rwakibirizi. Rugereka était un tout jeune homme, remarquable par sa coiffure que tous les autres jeunes imitaient, même mon frère Antoine. Je ne sais si c'est grâce à ses beaux cheveux qu'il imposa son autorité, en tout cas chacun, docilement, attendait son tour pour remplir les quelques récipients qu'on nous avait distribués à notre arrivée.

Nous autres les enfants, et nous étions nombreux, nous errions comme des âmes en peine à la recherche d'un terrain de jeux. La cour de l'école était occupée par les huttes des familles et le campement des militaires : pas de place pour jouer avec les balles et les billes que les garçons confectionnaient avec les sacs qui contenaient la farine ou la poudre de lait ; pas de place non plus pour la marelle des filles. Alors on s'aventurait dans la brousse où il était tentant de goûter aux fruits inconnus que semblaient nous offrir les buissons. « N'y touchez surtout pas, ne cessaient de nous recommander les parents, c'est du poison ! » Nous regardions avec convoitise les arbustes aux fruits défendus, sans oser y toucher.

Aussi on se préoccupa d'ouvrir une école. Il ne fallait pas compter sur les autorités mais les instituteurs qui étaient parmi les déplacés reçurent l'aide des missionnaires et installèrent leurs classes sous les arbres. Ils réussirent même à organiser l'examen national qui donne accès au secondaire. Mon frère André fut reçu. Il partit au collège de Zaza, dans l'est du pays, près de la frontière de l'actuelle Tanzanie. Malgré mon opposition farouche, mon père me mit à l'école. J'y trouvai un avantage : à midi, on donnait du riz que fournissait la mission. C'était Rutabana qui faisait la cuisine dans de grandes marmites, du riz au lait généreusement salé : bien entendu, le riz prenait au fond et avait goût de brûlé. Mais pour moi, le riz de Rutabana, c'était le meilleur, bien meilleur que celui que, rarement, fournissait la ration et que préparait ma mère.

C'est d'ailleurs à cause de ce riz que mon père, malgré mon jeune âge, m'avait mise à l'école. Les autorités et les bons pères faisaient pression pour que nous allions nous installer dans des villages qui, selon eux, nous étaient destinés. Tout le monde refusait de bouger. Quitter notre campement de fortune, c'était accepter notre mauvais sort, renoncer à retourner au Rwanda, chez nous, et cela, les déplacés ne le voulaient à aucun prix. Pourtant il fallut bien s'y résigner quand, pour nous forcer à partir, on supprima les rations quotidiennes qui étaient l'unique nourriture dont nous disposions. Seuls les enfants des écoles continuaient à bénéficier du riz de la mission. La mort dans l'âme, chaque famille reçut une machette pour défricher, une houe pour cultiver et quelques semences, et se vit assigner à l'un de ces villages qui, nous assurait-on, nous attendaient dans la brousse. Celui qui nous fut attribué s'appelait Gitwe.

III

Au Bugesera :
survivre dans la brousse

Gitwe, c'était, à travers la brousse, une piste toute droite qui ne menait nulle part. De chaque côté de ce long ruban de latérite rouge, dans les espaces qu'on avait grossièrement débroussaillés mais qui étaient en grande partie reconquis par les épineux, avaient été construits de petits hangars, un toit de tôle reposant sur des poteaux de bois, sans murs ni cloisons. Pour qui ces abris avaient-ils été bâtis ? Je me le suis toujours demandé. Étaient-ils destinés à nous accueillir ou s'agissait-il plutôt d'un de ces projets de « paysannat » si chers à l'administration coloniale ? Je pencherais pour cette dernière hypothèse. Sans doute le projet avait-il été abandonné à cause des difficultés rencontrées ou par manque d'immigrés volontaires. Les Tutsi, déplacés de force, fournissaient une population disponible, cobayes désignés dont il n'était pas besoin d'obtenir le consentement.

Les familles, débarquées comme autant de robinsons au milieu de la savane, devaient donc édifier les murs de la maison, défricher la brousse épaisse afin d'ensemencer un petit lopin de terre et se débrouiller pour se nourrir en attendant la première récolte. Dans la tradition rwandaise, tous ces travaux ne se font pas sans la coopération de tout le voisinage. Celui qui reçoit l'aide distribue en retour de généreuses cruches de bière de sorgho et les travaux pénibles s'achèvent par les danses et les chants. Mais à Gitwe, nul n'avait le cœur à fabriquer de la bière ni d'ailleurs n'en avait les moyens et chacun se résigna à ne compter que sur soi pour essayer de survivre. Pour tous cependant, Gitwe ne pouvait être qu'un campement provisoire : un jour ou l'autre, nous reviendrions chez nous, au Rwanda.

On se répartit les tâches à l'intérieur de chaque famille. Les hommes, c'est-à-dire, pour nous, mon père et mon grand frère Antoine, s'employèrent à rendre la maison habitable et à débrousser le champ qui nous permettrait de cultiver. Les femmes devaient, en attendant une hypothétique récolte, se débrouiller pour trouver de quoi nourrir la famille.

Il apparut bien vite que le seul moyen de se procurer un peu de nourriture était d'aller travailler chez les habitants du pays, les Bagesera. Tandis qu'Alexia restait à la maison afin d'accomplir les tâches ménagères, ma mère partait chaque matin, dès les premières lueurs du jour, ma petite sœur Julienne dans le dos et moi qui la suivais, accrochée à son pagne. La région était vide, les habitations dispersées et, comme nous ne connaissions pas le pays, nous ne savions pas dans les premiers temps où nous diriger. Nous montions d'abord sur une hauteur pour repérer une fumée signalant la présence d'un enclos. Alors nous traversions la savane, guettant les bruits de la brousse. Nous retenions notre souffle. Ce n'étaient pas tellement les éléphants ou les léopards qui nous faisaient peur. C'étaient les buffles. « Le buffle, disait ma mère, il ne t'avertit jamais, il charge. »

Les Bagesera étaient accueillants mais ils étaient pauvres. Beaucoup étaient minés par la maladie du sommeil. Bien peu avaient quelque chose à donner. Ceux qui acceptaient de nous embaucher nous donnaient quelques patates douces pour une journée de travail ; pour un petit régime de bananes, il fallait travailler deux jours dans les champs sans rien recevoir. Mais nous survivions au jour le jour et ma mère ne pouvait prendre le risque de rentrer les mains vides. Aussi, le plus souvent, se contentait-elle des patates douces.

Je me souviens que nous allions très souvent travailler dans une famille qui se montrait particulièrement hospitalière. La mère s'appelait Kabihogo. J'ai oublié le nom du père. Ils n'avaient qu'une fille unique qui avait à peu près mon âge, aussi ne refusaient-ils pas l'aide qu'on venait leur proposer. Pendant que ma mère travaillait aux champs, je balayais la cour. La petite fille voulait jouer avec moi. Cela me reposait un peu. Parfois j'avais même le droit de manger avec elle. Le soir, on repartait avec un petit panier de patates douces. Kabihogo qui s'était prise d'affection pour moi m'en réservait souvent quelques-unes qu'elle enveloppait soigneusement dans de la paille, des gahungezi, les meilleures, à la peau toute rouge mais à la chair bien blanche. J'étais fière, une fois rentrée à la maison, de montrer à mon frère Antoine et à mes sœurs tout ce que j'avais gagné en une journée.

Comme je l'ai déjà dit, le Bugesera était une région délaissée. Les écoles étaient rares et, malgré la présence d'une mission à Nyamata, la religion chrétienne n'y était guère implantée, si bien que les cultes traditionnels étaient encore largement pratiqués. Ma mère, qui avait été élevée par des religieuses dans l'horreur de ce qu'elles appelaient les « superstitions païennes », se vit un beau matin confrontée à l'une d'elle.

Comme nous étions rétribuées en fonction de la tâche accomplie, nous arrivions le plus tôt possible chez ceux qui nous donnaient du travail. Un matin, dans un enclos où nous avions l'habitude d'aller, chez Sakagabo, personne ne répondit à l'appel que, comme l'exige la politesse, nous lancions avant d'entrer dans la grande cour. Tout était silencieux et nous nous demandions ce qu'étaient devenus les habitants quand, soudain, nous avons entendu un grand bruit dans la bananeraie. Une troupe en a surgi, des hommes et des femmes entièrement nus, le visage enduit de terre blanche. J'eus de la peine à reconnaître sous ces masques effrayants la famille chez laquelle nous avions l'habitude de travailler. C'étaient bien eux pourtant, le père, la mère, les enfants et d'autres que je ne connaissais pas, peut-être des voisins. Ma mère aussitôt a fait le signe de croix, m'a prise par la main et nous sommes parties en courant. Sans nous retourner, nous avons traversé la brousse. Ma mère ne disait rien. Elle courait comme une folle. Arrivée à la maison, tout en invoquant la Vierge Marie, elle m'a lavée avec toutes les plantes médicinales qu'elle avait pu cueillir. Il fallait nous purifier, purifier tout ce qui avait pu être en contact avec ces gens qui célébraient le Kubandwa, qui étaient des Imandwa, possédés par les esprits mauvais dont le chef était le diable lui-même, Ryangombe ! Elle était sûre que cela nous porterait malheur, que tout ce que nous avions mangé venant de chez eux était la nourriture du démon. À cinq ans, je regardais sans comprendre ma mère trembler d'effroi devant les croyances qui avaient été celles de ses parents.

Les hommes eurent beaucoup de mal à défricher et surtout à dessoucher le terrain, les épineux tenaces résistant aux seules machettes qu'on avait distribuées. Pour se protéger des épines, ils s'étaient fabriqué des sortes de grosses sandales dans de vieux pneus récupérés à la mission. Dès qu'il y eut un bout de terrain dégagé, mon père sema pêle-mêle toutes les graines qui lui avaient été fournies à Nyamata. La terre qui n'avait jamais été cultivée se révéla d'abord très fertile : on vit bientôt sortir les carottes, mais aussi les salades et les radis qu'on arracha aussitôt estimant que c'était de la mauvaise herbe. Les carottes étaient particulièrement abondantes. Mon père les faisait griller dans un grand feu au milieu du champ et nous obligeait à les manger malgré nos réticences envers ce légume inconnu. Lui-même, gardant sa dignité, refusait d'y toucher.

Ma mère attendait avec impatience la « vraie » récolte : celle du sorgho. Alors on cueillait juste les épis, on les séchait puis on les battait avec une grande spatule — l'umwuko — pour détacher les grains, on les vannait, on les écrasait sous la pierre à moudre. Avec la farine, ma mère préparait chaque soir la pâte de sorgho. Pour elle, c'était le seul aliment qui vraiment remplissait le ventre. Je détestais la pâte de sorgho. Aussi je m'arrangeais pour m'asseoir dans la pénombre, loin du feu, et je jetais discrètement par les trous et les fissures de la paroi de terre battue les boulettes de sorgho. On les trouvait le lendemain, au pied du mur. Il n'était pas difficile de mettre la main sur la coupable.

On dort mal quand on a le ventre vide. Je passais une grande partie de la nuit à gémir et à réveiller ma mère : j'avais peur de mourir de faim. Il est vrai aussi que, dans les premiers temps de notre installation à Gitwe, nos lits improvisés ne facilitaient pas un sommeil paisible. Nous n'avions eu ni le temps ni les moyens de tresser les nattes qui, au Rwanda, constituent la literie. Nous couchions directement sur la paille, qui fut bientôt infestée de punaises et de chiques. Nous avions beau changer la paillasse, les parasites étaient toujours là. Parfois aussi nous subissions l'attaque d'une colonne de fourmis attirées par une miette de nourriture. C'est avec soulagement que j'entendais les pas de ma mère qui annonçaient que les peurs et les souffrances de la nuit allaient bientôt prendre fin.

*

Pour les réfugiés de Gitwe, l'une des plus grandes difficultés était de se procurer de l'eau. Si le Rwanda, pays de haute altitude avoisinant les deux mille mètres, reçoit des pluies abondantes, il n'en va pas de même au Bugesera : c'est, comme le disent les manuels de géographie, une savane sèche, de moyenne altitude (douze cents à treize cents mètres) : les pluies y sont rares et plus rares encore les points d'eau.

La source principale se trouve auprès de Nyamata. On l'appelle Rwakibirizi. Les traditions voulaient qu'elle ait jailli sous la lance de Ruganzu Ndori, l'un des héros fondateurs du Rwanda, pour abreuver ses chiens qui mouraient de soif. Mais Rwakibirizi était loin de Gitwe. Il fallait une journée entière pour aller y puiser. C'était mon frère Antoine qui allait à Rwakibirizi. Il ramenait de l'eau pour deux jours dans les cruches obtenues chez les Batwa contre quelques patates douces en attendant les calebasses que n'allaient pas tarder à nous procurer les courges que nous avions plantées. Nous nous efforcions aussi de recueillir l'eau des rares pluies. Pour cela, nous avions aménagé des gouttières avec des bouts de tôle récupérés au village de Nyamata, puis nous allions à la recherche des flaques d'eau qui subsistaient dans les fonds de vallée ou le creux des rochers, les ibinamba. Mais elles s'épuisaient vite. Il y avait, plus près de Gitwe, une source qui ne donnait qu'un mince filet d'eau. Remplir une calebasse demandait un long moment. Aussi y avait-il toujours quelqu'un en train de puiser et d'autres qui attendaient leur tour. Antoine préférait y aller au milieu de la nuit pour ne pas perdre de temps pendant la journée et dans l'espoir de n'y rencontrer personne. Ma mère voulait que je l'accompagne. Elle avait peur qu'il ne s'endorme d'épuisement au-dessus de la source et se fasse dévorer par un fauve. Je restais collée à lui, me refusant à entendre les frôlements, les cris, les galopades qui montaient de la brousse.

À Gitwe, peut-être plus encore que dans le reste du Bugesera, nous étions installés dans le domaine des grands animaux. Si les lions et les buffles nous cédèrent rapidement la place, les éléphants apprécièrent la bananeraie dès qu'elle fut plantée et s'en régalèrent toute une nuit. Les léopards, quant à eux, rôdaient toujours parmi les habitations. C'étaient comme des chats : chaque famille avait le sien. La nuit, il pénétrait dans les maisons. De notre lit commun, Julienne et moi, nous l'entendions faire vibrer la tôle qui servait de porte. Nous savions qu'il était là : nous guettions les frôlements qui signalaient sa présence. Mon père avait fait des cloisons pour séparer les enfants de la chambre des parents. Nous dormions dans la pièce commune où il y avait du feu, où l'on faisait la cuisine, où l'on se réunissait pour la veillée. Avant de se coucher, on laissait quelques braises sous la cendre et on entassait au-dessus un peu de gros bois pour raviver le feu le lendemain matin. Tout à coup, nous entendions le tas de bois qui s'écroulait et, par les trous de la natte qui nous servait de drap, nous regardions jaillir les étincelles et, parmi elles, plus brillants, les yeux du léopard qui nous glaçaient de terreur. Julienne et moi ne bougions pas. Maman nous avait dit surtout de ne pas bouger : « Si vous bougez, disait-elle, il va croire que vous lui manquez de respect. »

Nous restions toutes deux immobiles sous la natte, guettant le lever du jour pour être sûres que notre léopard était bien parti et chaque soir, à la tombée de la nuit, nous attendions en tremblant sa visite.

Les Bagesera bien sûr étaient de grands chasseurs. Souvent nous entendions le son des trompes de chasse, de grandes cornes d'antilope — ihembe —, qui annonçait la battue. Avec leurs arcs et leurs lances, ils chassaient même les éléphants solitaires qui dévastaient leurs cultures mais ils ne les mangeaient pas. Les grandes carcasses qui pourrissaient dans la brousse étaient la proie des hyènes et des vautours. Quand nous allions cultiver dans leurs champs, les Bagesera nous disaient : « Attention, il y a des *ubushya* ! » Nous avons vite compris ce qu'étaient les ubushya : c'étaient des pièges, de grandes tranchées qu'ils creusaient autour de leurs champs pour les protéger. Elles étaient recouvertes d'herbes ; les animaux tombaient dedans. Nous aussi nous avons creusé des ubushya, là où nous avions repéré que les animaux passaient le plus souvent, et ainsi nous avons pu nous procurer de la viande. Tout le monde accepta de manger de l'antilope ou de la gazelle : cela, paraît-il, ressemblait à de la vache. Mais les hommes refusèrent fermement de toucher au phacochère.

Au début de notre installation à Gitwe, il n'y avait pas d'école. Puis au bout de quelques mois, les réfugiés réussirent à organiser une classe. La mission accepta à nouveau de fournir du riz. Rutabana reprit du service derrière ses grandes marmites. Je retrouvai le riz que j'aimais tant et cette fois j'avais vraiment l'âge d'aller à l'école. La classe était installée sous de grands arbres qu'on appelait des iminazi. Ils donnaient de beaux fruits, comme des abricots, qui tombaient sur nous. Nous les mangions pendant que Bukuba, le maître, faisait la leçon.

Il y avait quelques Bagesera parmi les élèves et ils nous apprirent beaucoup de choses. Ils firent découvrir aux petits réfugiés toutes les richesses de la savane. Et la brousse était riche en fruits de toutes sortes ! Il y avait des imisagara qui ressemblaient à des graines de sorgho. C'était un peu amer mais ils étaient faciles à cueillir, même par les plus petits. Les iminyonza étaient aussi à portée de tous mais il fallait faire attention aux épines. Pour les amasarazi, pour les amabungo, c'était plus difficile. Il fallait grimper aux arbres. La cueillette se faisait en équipe. Les uns montaient à l'arbre, les autres restaient au pied pour ramasser les fruits, chasser les singes chapardeurs ou une équipe concurrente. Moi, je ne voulais pas grimper aux arbres. C'était Candida, ma copine, un vrai garçon manqué, qui escaladait jusqu'à la cime. Nous aimions particulièrement les amabungo. C'était une liane qui s'accrochait au long des grands arbres. On ne trouvait ces fruits que dans les endroits où la brousse était très dense, loin des habitations, sur les hauteurs, à Gisunzu. Cela demandait une véritable expédition et il fallait choisir : aller à l'école ou cueillir des amabungo. Bien souvent nous préférions les amabungo.

Pour nous faire pardonner, Candida et moi, nous ramenions des amabungo pour toute la famille. Nos cueillettes étaient attendues à la maison comme autant de rares friandises. Il n'y avait que mon père qui ne se décidait pas à goûter aux délices sauvages de la brousse.

*

Quand nous eûmes plus ou moins assuré notre survie, on songea à se procurer un peu d'argent. Nous devions acheter du sel, du tissu pour nous vêtir, les quelques pagnes que nous portions depuis Magi tombant en loques. Il en fallait surtout pour acquitter les frais de scolarité d'Alexia et d'André. Mon père chercha du travail. Il savait tenir une comptabilité. C'était un homme précieux. On le prit dans un dispensaire à Ngenda. C'était loin. On ne le voyait que le dimanche. Mon père était quelqu'un de très courageux. Face aux épreuves qui s'abattaient sur nous, il ne baissait jamais les bras. Non seulement il travaillait à Ngenda, mais il n'hésitait pas à se déplacer à pied jusqu'à Kigali s'il entrevoyait la possibilité de trouver quelques ressources pour payer les études d'Alexia et d'André. Sur les pistes, il passait des jours sans manger et parfois des nuits sans dormir car il profitait de la fraîcheur nocturne pour faire le plus gros du trajet. Il finit par contracter la tuberculose et fut hospitalisé de longs mois au sanatorium de Gishari. Jamais il ne renonça pourtant à ce qui était devenu pour lui le seul but de sa vie : permettre à ses enfants de faire des études.

Ma mère toujours industrieuse se mit à cultiver des arachides sur le terrain qui s'étendait entre la piste et la maison. J'allais les vendre au marché de Nyamata. Elle nous attribua à Alexia et à moi un petit bout de terrain à cultiver. Hélas ! Nos jardinets nous furent bientôt enlevés. Jusqu'au fond de notre brousse, la « civilisation » nous rattrapait. On exigea (je ne saurais dire qui était ce « on ») de chaque famille qu'elle plante du café. « On » n'avait pas abandonné selon toute apparence le vieux projet colonial de « paysannat ». Il y avait un certain nombre de plants obligatoires par famille et ils devaient être plantés le long de la piste, devant la maison, pour faciliter le contrôle des cultures et le ramassage des futures récoltes. Il fallut arracher nos plantations et, plus grave encore, une bonne partie de la bananeraie qui commençait à produire. On devait aller chercher les caféiers à Rwakibirizi, à plus de dix kilomètres de Gitwe. La culture du café demande beaucoup de soins et nous n'avions plus beaucoup de temps à consacrer à notre champ. Pour les enfants, l'école n'était plus une priorité : il fallait d'abord changer le paillage au pied des caféiers. Dès que les parents avaient le dos tourné, nous en profitions pour nous allonger quelques instants sur le paillasson d'herbes fines qui était bien plus doux que nos lits. Mais la récréation n'était pas longue. Nous étions sous la surveillance des agronomes qui nous initiaient à cette culture. Ils venaient de l'Institut agronomique de Karama. Nous qui étions pieds nus, le noir brillant de leurs bottes nous fascinait.

IV

1961-1964 :
l'exclusion « démocratique »

Le 1er juillet 1962, le Rwanda devint officiellement indépendant. Avec l'aide des Belges et de l'Église catholique, le MDR-Parmehutu pouvait établir ce qu'un rapport de l'ONU désignait dès mars 1961 comme « la dictature raciale d'un seul parti ». Des milliers de Tutsi avaient été massacrés, plus de cent cinquante mille avaient fui dans les pays avoisinants, ceux qui restaient au Rwanda allaient être réduits à l'état de parias. À Nyamata, les réfugiés de l'intérieur étaient voués aux bienfaits de la « demokarasi » ethnique.

Mon père se rappelait avec amertume l'avènement de cette démocratie. C'était, disent les livres d'histoire, le 25 septembre 1961, jour des élections législatives. À Nyamata, on n'avait pas lésiné sur la démocratie. On avait construit des petites cabanes en paille pour les isoloirs ; en face, en plein air, il y avait une grande table et une boîte. Les enfants jouaient autour des petites cabanes tout excités par ces nouveautés. Mon père, avec d'autres réfugiés — ils les avaient convaincus d'aller voter —, se présenta devant la grande table qui tenait lieu de bureau de vote. On y avait disposé bien en vue les piles des bulletins des différents partis. Mais, de chaque côté de la table, il y avait Mbarubukeye, le conseiller communal, et ses hommes de main qui surveillaient d'un air menaçant les opérations et, assis derrière la table, il y avait Bwanakumi, un autre conseiller. Et Bwanakumi tendait à chacun un bulletin et une enveloppe et patiemment regardait le votant mettre le bulletin dans l'enveloppe et l'enveloppe dans la boîte qui servait d'urne sous les regards et les bâtons de plus en plus menaçants de Mbarubukeye et de sa bande. C'est ainsi, disait mon père, que nous avons voté, moi et tous les réfugiés tutsi de Nyamata, pour Kayibanda qui avait juré de nous anéantir.

Si les réfugiés s'efforçaient de croire qu'ils finiraient par rentrer chez eux (et on se moquait de ceux qui faisaient des réserves ou agrandissaient leur parcelle), le désespoir l'emportait souvent et des rumeurs sinistres couraient sur le sort qui nous attendait. On parlait des Rwabayanga, des trous sans fond. C'étaient trois failles très profondes, à la frontière du Burundi. C'est là qu'on devait jeter les Tutsi dès leur arrivée en 1960. On ignorait pourquoi cela ne s'était pas fait. C'étaient les Bagesera qui en avaient parlé les premiers. Puis Froduald, un ami de mon frère Antoine, les avait vues. Il travaillait dans le service d'éradication de la mouche tsé-tsé. Il parcourait la région jusqu'à Kirundo au Burundi. Un jour, il avait lui aussi découvert les failles mais, disait-il en riant, « il y a dedans beaucoup plus de carcasses d'éléphants que de cadavres de Tutsi ». On continuait pourtant à parler des Rwabayanga et lorsque quelqu'un disparaissait, ce qui arrivait souvent, on disait qu'on l'avait jeté dans les Rwabayanga.

*

À la fin de l'année 1963, une rumeur courut parmi les réfugiés de Nyamata : le roi Kigeri allait revenir et ramener les déplacés chez eux. À Gitwe, la rumeur avait sa source chez notre voisin Sebeza. Le fils aîné, Kazubwenge, était parti au Burundi mais ses parents avaient reçu la nouvelle qu'il allait bientôt revenir. Et il ne reviendrait pas seul. C'était avec le roi qu'il allait revenir, le roi qui revenait chercher les malheureux déportés de Nyamata pour les ramener chez eux.

Tout le monde se mit à préparer fiévreusement l'arrivée du roi et, à sa suite, notre retour au Rwanda. Les hommes fabriquèrent de grands arcs en l'honneur du souverain attendu. Ce n'étaient pas des armes de guerre et personne n'avait l'intention de s'en servir. C'était simplement pour montrer au roi qu'ils lui étaient restés fidèles, qu'ils étaient toujours ses hommes, ses ingabo — ses guerriers. Mon père avait fait un très grand arc, le plus grand du village. Il était accroché au-dessus du foyer, pas trop en vue pourtant, enveloppé dans une natte fine qu'on appelle ikirago, car on n'était pas bien sûr au fond de soi que le roi viendrait vraiment nous tirer de là. Les femmes, elles, confectionnaient des urugori, couronnes d'écorces de sorgho que les mères portent en signe de fécondité et de pérennité de la famille. Elles avaient choisi des écorces bien larges qui, en séchant, avaient pris une belle couleur dorée et elles avaient gravé dessus, avec une pointe rougie au feu : « Vive Kigeri ! » Tout cela se faisait bien sûr en cachette, mais dans la plus grande excitation.

Et puis un beau jour, cela devait être, si l'on en croit les historiens, aux environs de Noël, tout le monde sortit des maisons bien avant l'aube. Chacun s'était habillé du mieux qu'il avait pu, comme pour la messe. Les mamans avaient soigneusement rasé la tête de leurs enfants, ne laissant à l'avant du crâne qu'une jolie touffe de cheveux bien ronde, l'igisage. Personne ne se dirigea vers son champ. Les hommes restèrent au milieu de la route, l'air grave, prenant tour à tour la parole. Les femmes allèrent s'asseoir sur la termitière qui leur servait de lieu de rencontre. Nous autres, les enfants, nous dansions autour, nous ne savions pas bien pourquoi nous dansions, mais nous dansions. Le soleil, me semble-t-il, se leva plus tôt que de coutume. C'était le grand jour, le jour tant attendu de notre délivrance.

Les heures s'écoulèrent lentement. La matinée passa. Les femmes allèrent donner à manger aux enfants. Rien ne venait. On guettait les bruits. Les hommes s'étaient tus. Enfin au loin, on entendit un grondement qui grossissait peu à peu. Ce bruit ne nous disait rien qui vaille. Ce n'étaient pas les clameurs, les vivats attendus. Et soudain, des points noirs apparurent dans le ciel, des points noirs qui fonçaient sur nous. Les hélicoptères, on en avait entendu parler mais on n'en avait jamais vu : les ngombabishire — les exterminateurs ! À présent, ils arrivaient sur nous. Dans la plus grande terreur, tout le monde a pris la fuite ; les uns, les plus rapides, se mirent à couvert sous la brousse, les autres, moins rapides ou plus affolés, et surtout les enfants, s'enfouirent sous l'épais paillage qui garnissait les pieds des jeunes caféiers, mais les hélicoptères qui passaient et repassaient en rase-mottes soulevaient la paille et découvraient ceux qui tentaient de se dissimuler encore sous les derniers brins d'herbe.

Je ne sais comment je me suis retrouvée, avec ma petite sœur Julienne, au bout du champ, sous un buisson. Les hélicoptères passaient et repassaient au-dessus des maisons. Mes parents et mon grand frère avaient disparu. Je n'ai jamais su où ils s'étaient cachés, peut-être sur la colline de Rebero, là où, quelque trente ans plus tard, les habitants de Gitwe et de Gitagata, les derniers survivants, résistèrent jusqu'à la fin aux assauts des assassins qui entendaient achever leur « travail ».

Les hélicoptères s'éloignèrent mais bientôt nous avons vu arriver une longue file de camions remplis de militaires. Ils tiraient dans tous les sens, lançaient des grenades. Puis ils ont sauté des camions, ont fouillé les bananeraies, saccagé les maisons. Mais apparemment, ils n'osaient pas s'aventurer dans la brousse où nous étions cachés. À la tombée de la nuit, ils sont remontés dans les camions et sont repartis.

Ma petite sœur et moi sommes restées cachées toute la nuit dans notre fourré. La faim nous tenaillait, nous avons rampé jusqu'à l'extrémité du champ pour déterrer quelques patates douces que nous avons croquées toutes crues puis, le cœur battant, nous sommes retournées nous réfugier sous notre buisson. Tout était étrangement silencieux. On aurait dit que les animaux eux-mêmes se taisaient. Peu avant l'aube, on a vu Kazubwenge, le fils du voisin, revenir chez lui, l'air hagard, épuisé, les vêtements en lambeaux. Il était avec d'autres jeunes gens que je ne connaissais pas, trois ou quatre, armés seulement d'arcs. Ils ont rôdé autour des maisons puis ils sont repartis dans la pénombre du petit matin. Il me semble les avoir entendus dire : « Tout est perdu, tout est fini. » Je ne sais plus si je les ai vraiment entendus dire cela.

*

Les jours suivants, les réfugiés regagnèrent peu à peu leurs maisons. Les hommes s'empressèrent de briser leurs beaux arcs et les femmes de déchirer les couronnes d'écorces de sorgho.

Ils faisaient cela la mort dans l'âme, sachant combien ces gestes portaient malheur. Et, en effet, les soldats revinrent, ils patrouillaient partout, dans les maisons, dans la brousse. Ils n'avaient plus peur. Ils étaient sûrs d'eux. Ils avaient le casque bien enfoncé sur la tête. Et, dans leurs yeux, nous semblait-il, nous lisions une haine implacable. Ils nous appelaient les Inyenzi — les cafards. Désormais à Nyamata, nous serions tous des Inyenzi. J'étais une Inyenzi.

Les militaires arrêtèrent beaucoup de monde et d'abord les instituteurs et les commerçants qui avaient ouvert boutique dans le petit centre de Nyamata. Et parmi eux, il y avait Bwankoko — sa fille, Marie, était dans ma classe — et Ruboneka, dont la femme, Scholastique, était si gentille : quand l'instituteur nous renvoyait de l'école parce qu'il estimait que nous avions la tête mal rasée, nous courions chez Scholastique qui était toujours prête à être notre coiffeuse. Bwankoko, Ruboneka et bien d'autres ont été emmenés à la prison de Ruhengeri. Ils n'en sont jamais revenus.

Il y avait un commerçant qui, comme les autres, avait une boutique à Nyamata mais habitait Gitwe. Il s'appelait Tito, il était de Butare. Les militaires sont venus le prendre. Derrière nos portes de tôle, nous avons entendu le bruit des bottes, le fracas des crosses qui abattaient la porte de Tito. Nous avons entendu les pleurs de Felicita, son épouse, les cris de ses enfants. Ceux qui se sont risqués dehors ont dit que les soldats ont fouillé et saccagé la maison comme chez les autres mais, lui, Tito, ils l'ont traîné jusqu'au camion. Alors son fils, Apollinaire, il devait avoir quatre ans, a couru, s'est accroché à son père. Felicita lui criait de lâcher son père, de revenir auprès d'elle. Apollinaire ne voulait rien entendre, il serrait toujours de ses petits bras les jambes de son père. Alors le militaire a dit, et tout le village l'a entendu : « Eh bien, puisqu'il veut aller avec son père, emmenez-le aussi. Après tout, c'est un petit d'Inyenzi, c'est un petit serpent, un petit cafard. Un jour, il deviendra un grand serpent lui-même, un vrai cafard, un Inyenzi. » Les soldats ont jeté Tito et son fils dans le camion, on ne les a jamais revus.

L'équipée suicidaire d'une centaine de réfugiés mal armés, venus du Burundi, permit au gouvernement de Grégoire Kayibanda d'exercer une répression féroce sur les Tutsi qui étaient restés au pays. Les mois de janvier et février 1964 virent une véritable préfiguration du génocide de 1994. Ils furent particulièrement sanglants dans la province de Gikongoro. Mes parents parlaient parfois des membres de la famille restée à Cyanika et qu'ils n'avaient plus revus. La rivière Rukarara, avait-on dit à ma mère, était rouge de sang. Un jour nous avons vu arriver Karozeti, un petit garçon de cinq ou six ans. C'était le neveu de Bukuba, le maître d'école. Il venait de Gikongoro. Toute sa famille avait été massacrée. Il était le seul survivant. Personne n'a su comment il était arrivé jusqu'à Nyamata. À cette époque, on ne parlait pas encore d'enfants non accompagnés.

Il était bien seul Bertrand Russell quand il dénonçait « le massacre le plus horrible et le plus systématique depuis l'extermination des Juifs par les nazis ». La hiérarchie catholique, l'ancienne autorité mandataire, les instances internationales n'y avaient rien trouvé à redire sinon à dénoncer le terrorisme des Inyenzi.

Des centaines de milliers de Tutsi prirent le chemin de l'exil. À Nyamata, nombreuses furent les familles qui partirent pour le Burundi. Ce n'était pas difficile, la frontière était toute proche et la brousse épaisse et inhabitée permettait une fuite discrète. Mais bientôt le camp militaire de Gako fut considérablement renforcé. Les déplacés de Nyamata étaient désormais sous haute surveillance. Les militaires étaient peut-être là pour empêcher une fuite massive ou pour repousser d'hypothétiques incursions : ils seraient surtout là pour imposer à tous les réfugiés la terreur au quotidien.

V

Gitagata : les champs, l'école, la paroisse

Comme je viens de le dire, nombreux furent les déplacés de Nyamata qui s'enfuirent au Burundi. Beaucoup de parcelles se trouvèrent vides d'occupants. C'est alors que mon père décida que nous devions déménager. Après quelques bonnes récoltes, la terre de Gitwe, vite épuisée, se révéla peu fertile. On disait qu'aux alentours du lac Cyohoha, le lac Cyohoha Nord, les gens obtenaient de meilleures récoltes. C'est ainsi qu'en continuant la piste on est partis pour Gitagata. On s'est installés dans une maison abandonnée, celle de Mbayiha, un homme jeune et vigoureux qui avait réussi à défricher une grande parcelle. Mon père déclara qu'elle conviendrait pour la famille. Il planta son bâton. À Gitagata. C'est là qu'il a passé tout le reste de sa vie. C'est là qu'on l'a tué avec ma mère. Maintenant il n'y a plus rien. Les tueurs se sont acharnés sur la maison jusqu'à en effacer la moindre trace. La brousse a tout recouvert. C'est comme si nous n'avions jamais existé. Et cependant ma famille a vécu là. Dans l'humiliation, la peur de chaque jour, dans l'attente de ce qui allait survenir et que nous ne savions pas nommer : le génocide. Et je suis la seule à en détenir la mémoire. C'est pour cela que j'écris ces lignes.

Ce déménagement fut pour ma mère un autre déchirement, comme un autre exil. À Gitwe, en effet, on avait rassemblé des familles de Gikongoro et de Butare. Ma mère, si je peux dire, avait ses amis sur le pas de sa porte. On se sentait malgré tout encore un peu chez soi, cela aidait du moins à supporter le poids du malheur. À Gitagata, beaucoup de déplacés venaient de Ruhengeri, des gens du Nord, des inconnus pour nous qui venions du Sud. Il faudrait se faire admettre parmi eux et ne revoir ses amis que le dimanche, à la sortie de la messe. Ma mère appréhendait cette épreuve mais elle l'affronta avec son courage habituel, sans rien laisser paraître.

Les jours de Gitagata ! Ceux de mon enfance ! Il y en eut tant qui furent des jours de malheur et de tristesse... Et puis il y eut ceux étrangement calmes où nos bourreaux semblaient nous avoir oubliés. Les jours si peu nombreux d'une enfance ordinaire.

Les journées à Gitagata commençaient avant l'aube. C'était ma mère qui se levait la première. Elle se lavait les pieds dans la rosée toute fraîche puis elle allait frapper à la porte des voisins.

C'était elle qui réveillait tout le village. Mon père, lui, se chargeait d'enlever les nattes qui nous servaient de couvertures en criant : « *Henuka ! Henuka !* Debout ! » Et on sautait du lit.

Il y avait beaucoup de choses à faire avant de partir à l'école : chercher de l'eau, balayer la maison et la cour. Alexia et moi, nous nous partagions les tâches. Au début, nous nous partagions aussi le pagne de ma mère : c'était le seul pagne que nous possédions à la maison. Puis ma mère qui savait coudre nous confectionna une robe : mais nous n'avions toujours qu'une seule robe Alexia et moi. Aussi un jour c'était Alexia qui allait à l'école avec la robe et le lendemain c'était moi. Je cédais volontiers mon tour de robe à ma grande sœur et préférais de beaucoup rester avec ma mère. Pendant ce temps, mon père, lui, avait noué son petit pagne blanc : il partait à la messe. Chaque jour, il allait à la messe.

Pour le déjeuner, ma mère me réservait quelques patates douces qu'elle enveloppait dans des feuilles de bananier et je partais en courant. À partir de la troisième année primaire, on allait à la grande école à Nyamata. J'y allais en courant. En courant je saluais les femmes qui balayaient le petit sentier qui menait jusqu'à leur maison. En courant, j'appelais les copines pour savoir si elles étaient déjà parties. Candida, elle, m'attendait sur le bord de la piste. En courant, j'arrivais à l'école, je déposais ma petite provision de patates douces au fond de la classe et je me précipitais derrière les bâtiments de l'école où les filles jouaient à la marelle. Les garçons, eux, occupaient la cour. Ils jonglaient du pied avec leur ballon en feuilles de bananier. Il n'était pas question d'y aller.

La rentrée de chaque matin me paraissait une cérémonie grandiose et compliquée. Le tambour battait. Tous les élèves se regroupaient dans la cour, bien en rang, classe par classe. On hissait le drapeau pendant qu'on chantait l'hymne national. Sur un nouveau battement de tambour, chacun se dirigeait vers sa classe et s'alignait, les plus petits devant, les plus grands derrière, une file de garçons, une file de filles. Dans l'encadrement de la porte, le maître nous fixait, son bâton derrière le dos. Le tambour donnait le signal de rentrer en classe. On restait debout tandis que le maître, son bâton à la main, traversait lentement la salle. Nous lui disions en chœur : « Bonjour maître ! » Lorsqu'il arrivait devant le tableau, il faisait signe au chouchou d'entonner la prière que toute la classe reprenait. On pouvait enfin s'asseoir et la leçon commençait. Malheur au retardataire s'il osait encore se présenter, le bâton du maître ne connaissait aucune excuse !

Il y avait pourtant une excuse qui était admise aussi bien par l'instituteur que par les parents : la rencontre des éléphants. Souvent, en effet, des éléphants traversaient les villages pour aller d'une étendue de brousse encore sauvage à une autre. Parfois, l'un d'eux, on ne sait pourquoi, suivait la route. Les parents nous avaient dit : « Surtout, restez derrière l'éléphant, ne dépassez jamais l'éléphant, ne vous mettez jamais devant lui. » On suivait donc l'animal qui avançait majestueusement, comme en flânant. Les Rwandais ont toujours admiré la démarche de l'éléphant, qu'ils considèrent comme gracieuse et élégante, et les femmes, dans les danses, font l'éloge du noble pachyderme. Nous suivions scrupuleusement les conseils de nos parents, marchant derrière l'animal à bonne distance, respectant ses haltes et ses détours. Quelquefois, la matinée passait avant que l'animal ne se décide à changer de direction. Ce n'était plus la peine d'aller à l'école, mieux valait aller cueillir des amabungo. Nous étions sûrs que les parents ne diraient rien puisque nous avions suivi un éléphant.

Les éléphants n'étaient pourtant pas le plus grand danger que les écoliers pouvaient rencontrer sur la route de Nyamata. Il y avait aussi la cruauté des hommes... Mais de cela je parlerai plus tard.

Plus tard aussi, nous avons revu les éléphants. Ils étaient sur des camions. Je crois qu'on les transportait au parc de la Kagera.

C'est à l'école que j'ai découvert qu'il y avait d'autres livres que la Bible. À la maison, il n'y avait que la bible de mon père. Chaque matin, il la déposait sur l'étagère où auraient dû être rangés les objets les plus précieux de la maison, les pots à lait, mais nous n'avions pas de vaches et donc pas de lait. À côté de la bible, il y avait une bouteille de Bénédictine, vide bien sûr. C'était aussi un objet vénéré. Mon père disait que c'était la boisson du roi. Le roi buvait l'hydromel des Blancs. Je pensais à part moi que cela lui avait peut-être porté malheur. Mais mon père était fier de sa bouteille.

À l'école, le maître, de temps en temps, nous distribuait les livres qu'il gardait précieusement sur son bureau. Il y en avait un pour deux ou pour trois. Le livre s'appelait *Matins d'Afrique.* Mais l'Afrique dont il était question ici, ce n'était pas la nôtre. Pas celle en tout cas où se trouvait le Rwanda. Il y avait tant de choses étranges, des baobabs, des marigots… Les enfants s'appelaient Mamadou, Fatoumata. « Fatoumata, disions-nous, ça n'existe pas, c'est Fortunata. Ça, c'est un vrai nom de fille. » Le maître se fâchait : « Fatoumata, disait-il, répétez après moi Fatoumata. » Et sans être convaincus, nous répétions après lui : « Fatoumata ! Fatoumata ! » Pourtant, grâce à ce livre, nous pressentions que le monde était plus vaste que nous pouvions l'imaginer. Et puis il y avait de si belles histoires : Sindbâd le marin, Hiawatha et les canards sauvages, monsieur Seguin et sa chèvre, le lièvre et la tortue… Je rêvais parfois l'impossible : avoir un livre pour moi toute seule.

Bien sûr, le travail ne s'arrêtait pas avec la fin de la classe. On pouvait même dire qu'il commençait. Souvent, si nous n'avions pu aller au lac le matin, il fallait passer par la source de Rwakibirizi pour y puiser de l'eau et, sitôt arrivées à la maison, il fallait vite rejoindre les parents qui travaillaient aux champs jusqu'à la tombée de la nuit. Et pour nous les filles, il restait encore la cuisine à faire et, les nuits de pleine lune, on balayait la cour pour gagner du temps.

Mais ces tâches ménagères n'étaient pas toujours des corvées. Ainsi nous allions en groupe les jours de congé faire la lessive au bord du lac Cyohoha. Les rives du lac étaient alors le rendez-vous de toutes les jeunes filles. On y descendait aux heures les plus chaudes de la journée, quand il n'y avait personne pour venir chercher de l'eau. On s'installait sur le rivage, sur l'herbe toujours bien verte, comme la pelouse d'un jardin. On triait le linge, on le lavait en chantant dans les eaux du lac, on l'étendait à sécher sur l'herbe. En attendant qu'il sèche, les filles se baignaient, se lavaient les cheveux. Quelques-unes même s'essayaient à nager, mais on ne se risquait jamais dans les papyrus de peur de buter sur un crocodile. Sur l'herbe, c'était la séance de coiffure.

Le linge était vite sec, alors on repartait avant que, de nouveau, il y ait beaucoup de monde à puiser de l'eau. On pliait le linge et on l'enveloppait dans un pagne. La petite troupe des jeunes filles repartait, le ballot sur la tête.

Hélas ! le rivage du lac, qui était comme le

jardin de nos jeux innocents, devint bientôt le lieu de tous les cauchemars.

*

Le mercredi après-midi, pour préparer la première communion ou la confirmation, on allait au catéchisme que donnait Kenderesire, une vieille fille qui habitait seule avec sa mère près de la mission. De temps en temps, la leçon de catéchisme se terminait par une distribution de vêtements. On disait que les habits, des fripes, venaient d'Amérique. Cela attirait beaucoup de monde. Je n'ai jamais compris comment ceux qui ne venaient pas au catéchisme étaient aussi au courant de la distribution. En tout cas, ce jour-là, il y avait foule à la mission. Le prêtre se mettait sur le haut du parvis, le père Ligi, un Italien, avec sa robe blanche et son gros ventre, aussi gros que le sac qu'il déposait à côté de lui et qui contenait les vêtements. Chacun, prêt à bondir, regardait le sac. Le père ne bougeait pas, il faisait attendre. Et soudain, une volée d'habits sortait du sac. Et tout le monde se précipitait, les plus rapides s'emparaient des vêtements mais les plus forts et les plus acharnés les leur arrachaient. La mêlée était générale et soulevait un nuage de poussière rouge. Alors le bon père appelait son boy : « Nyabugigira ! Nyabugigira ! » Et Nyabugigira apportait un seau d'eau, le tendait au père qui nous le jetait dessus pour nous séparer. Nous revenions de la distribution sans avoir pu la plupart du temps récupérer un de ces vêtements trop convoités, nos haillons trempés et couverts de boue rouge. La charité chrétienne n'allait pas sans humiliation.

Mon père était d'une grande piété. Chaque soir, il réunissait la famille pour la prière en commun. Il prenait ses lunettes qui lui avaient été données par les pères — il était le seul au village à en porter —, ouvrait la bible et nous lisait un passage. Je ne sais comment il choisissait ses lectures. Souvent, nous faisions le tour de la bananeraie pour y réciter le rosaire ou suivre le chemin de croix. Malheur à qui rechignait à ces pieux exercices, le bâton paternel le ramenait vite dans le droit chemin.

Mon père était fier d'être le responsable local de la Légion de Marie. Il ignorait évidemment que l'un des premiers dirigeants du mouvement avait été Grégoire Kayibanda, qui en fit, avec l'appui de Mgr Perraudin, l'embryon du futur parti ethnique MDR-Parmehutu.

La messe du dimanche à la mission de Nyamata constituait le grand événement de la semaine. Il y en avait trois. Dans les familles, on y allait à tour de rôle afin que quelqu'un reste toujours à la maison pour chasser les singes toujours prêts à piller nos champs. Mon père assistait aux trois messes. C'était son grand jour. Pour la messe, nous conservions nos habits les plus décents. Si ma mère, toujours matinale, assistait à la première messe, c'était aussi pour me prêter le beau corsage blanc que Judith lui avait ramené de Kigali et qui, sur moi, devenait une robe blanche avec laquelle j'allais fièrement à la grand-messe. Dans l'église, les femmes et les enfants se mettaient d'un côté, les hommes de l'autre. Le prêtre disait la messe en latin. La chorale de Casimir, le maître d'école de quatrième primaire, entonnait, au pied de l'autel, les cantiques que l'assemblée reprenait en chœur, mais sans battre des mains ; à cette époque, il n'était pas question de battre des mains ni de danser dans une église comme on le fait aujourd'hui. Le prêtre nous détaillait sur de grandes images les terribles châtiments qui attendaient les pécheurs. Je tremblais à la vue des flammes de l'enfer au milieu desquelles grouillaient comme des fourmis affolées une multitude de damnés. Je faisais le compte de mes péchés. Cela n'en finissait pas. Après la confession, j'avais toujours l'impression d'en avoir oublié un. Le plus gros. Je retournais auprès du bon père, lui répétais la litanie de mes fautes. À la fin, lassé de tant de scrupules, il m'interdit de revenir le voir.

Les militaires exigeaient que, dans chaque maison, soit accroché le portrait du président Kayibanda. Les missionnaires veillèrent à ce que soit placée à ses côtés l'image de Marie. Nous vivions sous les portraits jumeaux du président qui nous avait voués à l'extermination et de Marie qui nous attendait au ciel.

*

Mais il y avait des jours où, même pour mon père, il n'était plus question de prières ni de processions. C'étaient ceux où on fabriquait la bière de banane, l'urwarwa. Fabriquer l'urwarwa, c'était toute une affaire, c'était long, cela demandait le concours de toute la famille et même celui des voisins. C'étaient des jours de fête.

Comme on le sait, les bananes qui servent à faire l'urwarwa ne mûrissent pas sur les bananiers : on les fait mûrir dans de grandes fosses que l'on a creusées dans la bananeraie. Au fond de la fosse, on fait un lit de feuilles de bananier bien sèches et on y met le feu. Il ne faut pas mettre autre chose que des feuilles car il ne doit rester que des cendres, pas de charbons. Quand les feuilles sont consumées, que le trou est bien chaud, mais pas trop — il ne faut pas que les bananes cuisent —, on le tapisse avec des grandes feuilles vertes de bananier, assez grandes pour qu'elles débordent du trou. Alors quand les feuilles ont été bien disposées, que la température est à point, on remplit le trou de bananes, on replie les feuilles de façon à envelopper hermétiquement les bananes, puis on recouvre de terre et on tasse avec le dos d'une pelle.

À présent, il n'y a plus qu'à attendre. Tout le monde est excité. Les enfants ne tiennent plus en place. Ils dansent dans l'attente du grand jour.

À l'aube du quatrième jour, mon père me dit : « Mukasonga ! Mukasonga ! Va voir si les bananes sont mûres. » Vite, vite, je cours vers la bananeraie. Je gratte très doucement la terre dont on a recouvert la fosse, j'écarte avec beaucoup de précautions les feuilles, j'enfonce doucement ma main de façon à ne pas écraser les bananes, j'en tâte une : c'est mûr ! Tout le monde attendait le signal. Il n'est plus question d'aller à l'école. Il faut vite aller chercher de l'eau, emprunter au voisin l'auge en forme de pirogue, dans laquelle on écrasera les bananes avec l'herbe ishinge que mes petites sœurs sont allées cueillir. Ensuite il faut sortir les bananes. On en remplit les paniers. On fait la navette entre le trou à bananes et l'auge. Celle-ci est déposée sous les grands bananiers les plus proches de la maison : ils offrent l'ombre nécessaire pour le travail qui va durer toute la journée. C'est mon père et ma mère qui épluchent les bananes et les mettent dans l'auge. Tout à sa tâche, mon père ne fait pas attention à celles qu'avec la complicité de ma mère on jette discrètement pendant le transport et qu'on s'est promis de revenir manger plus tard.

On ne remplit pas l'auge à ras bord car la mousse risquerait de déborder. C'est le moment de presser avec les touffes d'herbes. On se met à genoux devant l'auge, on presse, le jus sort, la mousse — urufuro — monte. Au fur et à mesure que la mousse monte, les enfants sont autorisés à la manger. Selon les parents, c'est bon pour la santé. C'est un fortifiant. Ma mère en remplit une calebasse pour chacun. On se précipite sur la mousse, on s'en barbouille le visage, on en a plein les yeux, plein les cheveux. Inutile de cacher aux voisins qu'on fait de l'urwarwa, ils auraient tôt fait de remarquer les enfants tout maquillés de mousse roussâtre.

On a obtenu le jus — umutobe indakamirwa. Il faut ensuite tamiser. Dans l'auge, on versera la même quantité d'eau que de jus sur le lit d'ishinge imprégné du concentré de bananes écrasées. On tamise et on essore — gukamura. C'est comme cela qu'on obtient un bon urwarwa. Bien sûr, il y en a qui trichent, qui allongent le jus, mettent plus d'eau que de jus, mais la recette du bon urwarwa, c'est une cruche d'eau pour une cruche de jus.

On ne perd rien. Les herbes ishinge qui ont servi à presser les bananes et qui sont tout imprégnées de jus, on les met au fond d'une cruche et on verse de l'eau dessus. L'infusion s'appelle l'amaganura. Ce sont surtout les femmes qui vont boire cela, avec les enfants, en signe d'amitié. Les chalumeaux des dames videront la cruche jusqu'au fond pour ne laisser qu'un petit marais d'ishinge où flottent moustiques et moucherons.

On remet les cruches d'umutobe, enveloppées de feuilles vertes, dans le trou chauffé à la bonne température. On a ajouté au jus du sorgho grillé et moulu pour faire la levure. Il faut attendre deux jours. Le deuxième jour, à la tombée de la nuit, mon père me dit : « Mukasonga ! Mukasonga ! Prends un chalumeau et va voir si ça a bien fermenté. » Je cours vers une des cruches, je plonge le chalumeau, j'aspire un grand coup, je savoure. Mon père s'écrie : « Mukasonga a bien goûté ! Ça doit être bon. L'urwarwa est prêt ! »

Il faut encore tamiser, transvaser dans des cruches plus petites, les unes seront vendues, les autres seront bues avec les voisins. Tout cela se passe de nuit et le va-et-vient des lampes tempête a tôt fait de prévenir le voisinage, qui accourt pour apprécier en connaisseur le résultat des opérations. Mon père qui titube à force d'avoir goûté est fier de son œuvre : le meilleur urwarwa du village !

*

Mais les jours de bonheur, les seuls qu'a connus mon enfance, c'étaient ceux où je restais avec ma mère. J'ai toujours aimé le travail à la maison et dans les champs. C'est peut-être pour cela que j'ai choisi le métier d'assistante sociale. Pour rester près de la terre, des paysans. Comment aurais-je pu imaginer alors que ce serait en France que j'exercerais ma profession ?

Ma mère donc prenait sa houe et moi la mienne. Nous avions chacune notre houe, une grande pour ma mère — isuka —, pour moi, une petite à ma taille — ifuni. Sur le chemin, dès que le soleil se levait, ma mère se mettait à raconter des histoires. Elle me racontait celle de Ruganzu Ndori, le grand roi, son exil chez sa tante paternelle, les embûches dressées par le mari de la tante, les révélations des secrets de la royauté, son retour au Rwanda. L'histoire était longue, interminable. Je somnolais un peu tout en marchant et, parfois, je croyais apercevoir au loin Ruganzu et sa lance, Ruganzu Cyambarantama cyi'Rwanda, qui traversait les collines vêtu de sa peau de mouton. Ma mère m'avait montré les traces de ses pas : derrière l'église, les pieds de Ruganzu étaient incrustés dans la pierre, il y avait même un creux de la roche qu'avait laissé le petit derrière de son chien. Pour ma mère, dans tout le Rwanda, on retrouvait les traces de Ruganzu. Tout à coup, je sortais de ma somnolence et je disais à maman : « Encore ! Encore ! »

Ma mère racontait à sa façon l'arrivée des Blancs. Digidigi, disait-elle, est arrivé et tout le monde est mort. Ma mère était orpheline, ses parents étaient morts, victimes d'une épidémie — mugiga —, la méningite peut-être. Elle avait été élevée par son frère. Les orphelins avaient reçu l'aide des religieuses d'une mission voisine : ma mère n'avait pas appris à lire, on ne lui avait pas appris non plus à écrire, on lui avait appris à prier. Autour d'elle, le monde s'écroulait. Les Blancs avaient enfermé le roi dans une maison en pierre ; ils avaient violé les secrets de la royauté ; Karinga, le tambour royal, était caché dans les marais avec l'umwiru, son desservant…

À la maison, ma mère m'apprenait ce que doit savoir toute jeune fille rwandaise : tresser des nattes, tisser de fins paniers aux motifs géométriques, reconnaître les plantes médicinales, en faire des décoctions. Grâce à elle, je savais faire la meilleure bière, choisir les boutures qui donneraient les plus belles patates douces…

Ma mère cultivait avec soin, il faudrait dire avec piété, les plantes anciennes. Elle leur avait réservé un bout de terrain près de la maison. Elle y plantait des variétés presque oubliées de haricots — ububenga, kajemunkangara —, de patates douces — gahungezi, nyirabusegenya —, de courges — imyungu, nyirankuba. Il y avait aussi l'éleusine, cette vieille céréale africaine dont les grains ressemblent à ceux de la moutarde, et les inkori qui sont des sortes de petites lentilles. Beaucoup de ces graines venaient de Magi : elle les avait sauvées dans le nœud de son pagne comme le plus précieux des trésors. Lorsqu'elle allait chez les Bagesera, elle se mettait en quête de boutures rares qu'elle obtenait par un surcroît de travail. Elle passait parfois un après-midi entier sur la petite parcelle réservée aux plantes en voie de disparition. C'était pour elle comme les survivants d'un temps plus heureux auprès desquels, semblait-il, elle puisait une énergie nouvelle. Elle les cultivait non pas pour la consommation quotidienne mais en témoignage de ce qui était menacé de disparaître et qui, effectivement, dans le cataclysme du génocide a disparu. Quand maman en faisait une cuisine, il me semblait goûter à la nourriture merveilleuse qu'on mange dans les contes.

À la veillée, à l'heure des contes, ma mère renouait le fil inlassable de ses histoires : « Quand j'étais petite, racontait-elle, tous les Rwandais habitaient dans de grandes huttes d'herbe et on disait aux enfants : "Surtout, n'allez pas dans le fond de la hutte, là où il fait toujours obscur, là où l'on met les grandes cruches auxquelles on tourne toujours le dos, vous risqueriez d'y rencontrer l'ingegera." » Et maman nous décrivait l'ingegera : un petit être très noir, très maigre, dont les yeux rougeoient comme des braises. Il va tout nu ou bien il porte des haillons de feuilles sèches de bananier, et si l'on entend derrière les cruches un froissement de feuilles, c'est qu'il est là. Mais, disait maman, ce que l'ingegera a de plus remarquable, ce sont ses cheveux, une tignasse impossible à démêler (car il n'a personne pour la démêler et personne pour lui raser le crâne), toute raidie de terre et de cendres, on dirait qu'il porte sur la tête une motte d'herbes et de racines. Après le repas du soir, on a l'habitude de laisser un peu de haricots et de patates douces dans le fond de la marmite. Mais si, en se levant le matin, on découvre que le pot est vide, c'est que l'ingegera est là derrière les grandes cruches et vous risquez en déplaçant les cruches de plonger la main dans une touffe de cheveux crasseux et gluants et de voir se détacher, sur la voûte de la hutte, sa silhouette échevelée et ses grands ongles crochus. Ma mère ignorait si chaque hutte avait son ingegera ou s'il n'y avait qu'un seul ingegera qui allait de maison en maison.

Et ma mère, assise auprès des trois pierres du foyer, enfilait ses contes, les histoires de marâtres, les animaux qui parlent, les chansons de la bonne tante, et j'étais seule à l'écouter et à m'endormir bercée par l'interminable mélopée maternelle, et dans mon demi-sommeil, engourdie par la chaleur du foyer, je disais à maman : « Encore ! Encore ! »

VI

Les années 1960 : terreur hutu, entre milices et militaires

Il n'y avait guère de jours tranquilles à Nyamata. Les militaires du camp de Gako étaient là pour nous rappeler constamment qui nous étions : des serpents, des Inyenzi, ces cancrelats qui n'avaient rien d'humain avec lesquels il faudrait bien en finir un jour. En attendant, la terreur était systématiquement organisée. Sous prétexte d'entraînement ou de contrôle, les soldats patrouillaient sans cesse sur la route, entre les maisons, dans les bananeraies. Du haut des camions qui sillonnaient les pistes, les soldats braquaient leur fusil. Ils tiraient parfois.

De Gitagata, pour aller à l'école de Nyamata, la piste rejoignait la grande route qui menait à la frontière du Burundi. Tous les écoliers se dépêchaient pour arriver avant qu'on ne batte tambour. Mais ils avaient une préoccupation plus angoissante : ils guettaient les bruits des moteurs et, à la moindre alerte, ils n'avaient que le temps de se précipiter sous les caféiers, de s'enfoncer dans la brousse ou d'entrer dans la première habitation qui se présentait. La route de Nyamata était aussi celle qui conduisait au camp de Gako. De nombreux camions militaires y passaient et les soldats tiraient ou lançaient des grenades pour terroriser les enfants qui avaient l'imprudence de marcher sur le bord de la route. Sur la route de Nyamata, les militaires ne commettaient jamais de bavures puisqu'elle n'était empruntée que par des Tutsi.

Un jour, nous étions quatre sur le chemin de l'école : Jacqueline, Kayisharaza, Candida et moi. Un camion a surgi derrière nous. Nous ne l'avions pas entendu venir. Nous n'avons eu que le temps de nous jeter sous les caféiers. Trop tard ! Les militaires nous avaient vues et avaient lancé une grenade. Kayisharaza a eu la jambe déchiquetée. Elle a dû abandonner l'école. Elle ne pouvait traîner sa jambe morte jusqu'à Nyamata. Elle qui était l'aînée, elle est devenue une charge pour sa famille, pour ses frères et ses sœurs. Je ne sais combien d'écoliers et d'écolières furent ainsi blessés sur la route de Nyamata.

Alors il a fallu tracer à travers la brousse des sentiers qui faisaient de longs détours. Mais nous préférions de loin courir le risque de rencontrer un éléphant ou un buffle plutôt que de croiser un camion militaire.

Les maisons n'étaient pas non plus des lieux d'asile. Les militaires y faisaient souvent irruption, surtout juste avant l'aube ou après la tombée de la nuit. La tôle qui servait de porte tombait à grand fracas et trois ou quatre soldats surgissaient brusquement. Ils nous jetaient brutalement dehors, frappant à coups de crosse ceux qui avaient le malheur de traîner un peu. Puis ils nous alignaient le long de la piste et, tandis que l'un d'eux nous tenait en respect avec son fusil, les autres, à l'intérieur de la maison, éparpillaient la paille des lits, renversaient les cruches, décrochaient les nattes neuves, notre literie de rechange, qui étaient suspendues aux cloisons, et les jetaient dans la boue ou dans la poussière. Ils recherchaient, prétendaient-ils, des correspondances avec les Inyenzi du Burundi ou la photo de Kigeri. Après avoir vérifié que le portrait de Kayibanda se trouvait bien à la place d'honneur, ils repartaient dans le petit matin ou dans la nuit semer la terreur dans d'autres maisons.

Parfois au contraire, nous étions consignés dans les maisons. On ignorait pourquoi on était soumis à ce couvre-feu et combien de temps il durerait. Alors il était interdit de cultiver. Les enfants ne pouvaient aller à l'école. Les soldats quadrillaient les villages. Les imprudents qui se risquaient dehors étaient roués de coups. Si le couvre-feu se prolongeait, la situation devenait difficile : nous ne pouvions plus aller chercher de l'eau ou du bois. Il n'était plus possible d'aller déterrer quelques patates douces ni de couper un régime de bananes. Même les latrines qui étaient généralement situées loin des habitations, dans la bananeraie, nous étaient inaccessibles. Enfermés dans la maison, nous étions paralysés de terreur, nous n'osions plus nous adresser la parole.

En fait le seul refuge qui paraissait inviolable, c'était l'église de la mission de Nyamata. Dès que nous sentions monter vers nous la menace, nous savions bien que c'était là le seul refuge qu'il fallait atteindre. Et la scène qui s'était répétée plusieurs fois avait de quoi nous rassurer. Le dimanche, tandis que la communauté tutsi assistait à la messe, on entendait, dehors, devant l'église, la rumeur grondante d'une foule hostile. Il ne fait pas de doute que l'attroupement avait été ameuté par les autorités communales qui prenaient grand soin d'entretenir les haines et d'attiser les violences. Quelquefois, la bande vociférante tentait de pénétrer dans l'église. Alors le prêtre qui disait la messe, c'était le père Canoni — c'est ainsi du moins que nous l'appelions —, un Allemand, quittait l'autel, enlevait sa chasuble, allait dans la sacristie prendre son fusil et s'avançait lentement vers les assaillants. Ceux-ci hésitaient un instant, puis reculaient et finissaient par s'enfuir à toutes jambes.

En 1994, les Tutsi de Nyamata se réfugièrent à nouveau à l'église, mais il n'y avait pas de père Canoni pour mettre en fuite les assassins : les militaires de l'ONU étaient venus chercher les Blancs, les missionnaires étaient partis avec eux, sachant qu'ils abandonnaient à la mort plus de cinq mille hommes, femmes et enfants qui avaient cru trouver refuge dans leur église.

L'église de Nyamata est devenue aujourd'hui un Mémorial du génocide. Les rescapés ont dû beaucoup se battre pour qu'elle ne soit pas rendue au culte comme le réclamait la hiérarchie catholique. Dans une crypte, un ossuaire présente les crânes bien alignés et les os soigneusement entassés. Le toit de tôle est constellé de taches lumineuses : ce sont les impacts des balles et des grenades. Contre le mur de brique, à gauche de l'autel, la Vierge de Lourdes au voile rougi de sang veille sur les bancs désormais vides. Elle a eu de la chance, la Vierge de Nyamata. Elle aussi, c'est une rescapée. Ailleurs, dans beaucoup d'églises, les tueurs ont brisé les statues de la Vierge. On lui avait donné, estimaient-ils, le visage d'une Tutsi. Ils ne supportaient pas son petit nez trop droit.

*

Notre situation s'aggrava encore en 1967. Depuis le début de l'année, on sentait monter la tension, quelque chose de menaçant qui se rapprochait de nous. Chez les Bagesera, les conseillers communaux tenaient de mystérieuses réunions auxquelles seuls les Hutu étaient conviés. La rumeur courait qu'on distribuait des machettes. On disait même qu'on en avait distribué à la commune. Puis en avril, c'était peut-être le lundi de Pâques, tous les adultes de plus de seize ans furent convoqués à la commune.

J'étais restée seule à la maison avec mes petites sœurs, Julienne et Jeanne. Il pleuvait. Une de ces pluies violentes de la grande saison des pluies qui avaient transformé les pistes en torrents boueux. J'étais dans la maison à surveiller le peu de haricots qui réchauffaient dans la marmite. Les deux petites étaient dehors malgré la pluie : il fallait garder le champ de maïs pour empêcher les singes de se régaler avant nous des épis déjà formés. Je n'entendais que le ruissellement de la pluie sur les grandes feuilles de bananiers. Ces bananiers sont toujours plus gros car ils profitent des déchets ménagers qu'on jette à leurs pieds. Mais tout à coup, je distinguai un autre bruit que je connaissais bien — shuwafu ! shuwafu ! —, celui que font les bottes dans la boue. Je me précipitai dehors et tombai nez à nez avec deux militaires ; ils poussaient devant eux à coups de crosse mes deux petites sœurs qui vinrent s'affaler à mes pieds. Les soldats pénétrèrent dans la maison et se livrèrent au saccage habituel avant de disparaître.

Nous nous sommes serrées toutes les trois l'une contre l'autre, tremblantes de peur. J'avais remis en place la tôle de l'entrée comme si cela pouvait nous protéger.

Et puis il y eut ces piétinements, ce brouhaha qui montait de la piste. Et par les trous de la tôle, nous avons découvert ce qui nous a glacées d'horreur : les militaires en grand nombre descendaient vers le lac Cyohoha et ils traînaient des corps qui ressemblaient à des pantins désarticulés et, parmi eux, j'ai reconnu des voisins, Rwabukumba et son frère. C'étaient des jeunes gens, ils n'avaient pas vingt ans, et tous les corps que l'on traînait — ce n'était pas tous des cadavres, il y en avait qui bougeaient et qui gémissaient encore —, c'étaient des jeunes gens, des jeunes hommes, des serpents, des cafards, des Inyenzi, qu'il fallait éliminer de peur qu'ils ne deviennent dangereux.

Nous avons passé la nuit à attendre nos parents. Ils sont revenus le lendemain, au petit matin. Ils n'ont jamais rien dit. Ma mère, qui prenait tant de soin à nouer son pagne avec élégance, l'avait sur sa tête comme la Sainte Vierge. Elle ne parlait plus. Quand les voisins sont rentrés, ils ne disaient rien non plus. Ils évitaient de se croiser, faisaient comme s'ils ne se voyaient pas. Ma mère murmurait un mot bizarre, qu'elle ne comprenait pas. *Meeting*, il ne fallait pas faire de meetings. Et quand trois personnes se saluaient, on murmurait « meeting » et chacun fuyait de son côté.

Quand nous sommes retournés à l'école, sur le bord de la grande route de Nyamata, dans les fossés, il y avait des cadavres. Certains avaient été jetés là, d'autres avaient été charriés par les torrents qu'avaient formés les eaux de pluie. Parmi eux, nous avons reconnu Ngangure, le père de Protais qui était dans ma classe. On avait interdit aux familles de récupérer les corps.

Personne ne se décidait à aller chercher de l'eau. On n'osait pas. On a tenu tant qu'on a pu avec les réserves d'eau de pluie, mais elles ont vite été épuisées et il a bien fallu prendre la route du lac. La tradition veut que ce soit les enfants qui aient la charge de puiser de l'eau. J'y suis donc allée avec Candida.

Il y avait du nouveau sur les rives du lac, de nouveaux arrivants. C'étaient de tout jeunes gens, des adolescents, de vrais gamins en uniforme. Mais ce n'était pas l'uniforme des militaires : ils portaient un short et une chemise kaki, un peu comme des scouts. Ils n'avaient pas de fusil mais de gros bâtons ou des massues hérissées de pointes. Ils occupaient sur les bords du lac des bâtiments que l'on venait de construire et dont nous ignorions jusque-là qui ils allaient héberger.

Beaucoup étaient postés comme des sentinelles le long du rivage. Et quand nous sommes rentrées dans l'eau pour remplir nos calebasses, nous avons vu ce qu'ils gardaient : les corps ligotés des victimes qui agonisaient lentement dans les eaux basses du lac, recouverts de temps à autre par le mouvement des vagues. Les nouveaux venus étaient là pour repousser les familles qui voulaient sauver leurs enfants ou au moins récupérer leurs corps. Longtemps, en puisant de l'eau, nous avons trouvé, dans nos calebasses, des lambeaux de chair et de membres putréfiés.

*

Nos nouveaux persécuteurs ne tardèrent pas à se faire connaître : la jeunesse révolutionnaire du parti unique, le MDR-Parmehutu. En fait, c'étaient des voyous qu'on avait ramassés dans les rues de Kigali et qu'on formait à la violence et au meurtre. C'étaient de bons élèves et ils assimilèrent vite l'unique leçon qui leur était dispensée : humilier et terroriser une population sans défense.

Chaque jour, vers le milieu de la matinée, les jeunesses du parti unique défilaient au pas de course, le gourdin ou la massue sur l'épaule. Ils chantaient à tue-tête et leurs chansons semblaient nous être adressées : elles faisaient l'éloge de Kayibanda, l'émancipateur des Hutu ; elles célébraient le peuple à jamais majoritaire, les seuls Rwandais, les authentiques, les autochtones : les Hutu. Le trajet était toujours le même : de leur camp du lac Cyohoha jusqu'au croisement de la grande route qui mène de Nyamata jusqu'à la frontière du Burundi, devant la case de Rwabashi. Si l'aller se passait dans un bon ordre relatif, il n'en allait pas de même pour le retour. Dès qu'ils atteignaient la grande route et faisaient demi-tour, les jeunes du parti rompaient les rangs et se répandaient en bandes pillardes et agressives au long du chemin qui les ramenait au camp. Malheur au passant imprudent qui n'avait pas eu le temps de se mettre à l'abri : il était giflé, jeté à terre, roué de coups. Les femmes, qui devant leur maison vendaient des cacahuètes et parfois des régimes de bananes mûres, ramassaient en hâte leur étal avant qu'il ne soit dévasté et pillé. Quelquefois, les voyous envahissaient les maisons pour le seul plaisir d'y semer le désordre. Et nous entendions leurs rires mêlés d'injures tandis qu'ils se vantaient de leurs « exploits ».

Désormais, aller chercher de l'eau au lac Cyohoha était s'exposer à tous les sévices puisque nous devions passer devant leur camp. Nos persécuteurs nous attendaient à notre retour du lac avec nos calebasses sur la tête. Nous étions alors à la merci de leurs fantaisies sadiques. Et ils ne manquaient pas d'imagination. Ils s'amusaient à vider nos calebasses, à nous renvoyer chercher de l'eau, puis à briser nos récipients. Leurs rires fous ne s'arrêtaient pas. Ou alors ils nous alignaient le long du sentier, nous crachaient au visage et nous écrasaient les pieds avec leurs grosses chaussures militaires. Et ils riaient de voir pleurer les petits serpents, les cafards, les Inyenzi. Mais quelquefois, c'était plus grave, leurs yeux étaient rouges, ils ne riaient plus, ils passaient les garçons à tabac et entraînaient une fille, derrière leur camp, dans un buisson, pour la violer. Alors on allait chercher de l'eau dans la pleine chaleur des débuts d'après-midi, sans faire de bruit, pendant leur sieste.

Bien sûr, ce qui intéressait le plus les jeunes révolutionnaires, c'étaient les filles. Au retour du défilé, ils poursuivaient celles qui n'avaient pas eu le temps de se cacher. Les viols n'étaient pas rares. Quelques pauvres filles étaient devenues leur objet comme le seront les filles et les fillettes tutsi lors du génocide. Au moins, alors, il n'y avait pas le sida.

La chasse aux filles se pratiquait surtout la nuit. À cette époque, j'allais coucher chez ma cousine Mukantwari qui pouvait avoir vingt ans. C'est la coutume au Rwanda, les petites filles partagent le lit des jeunes filles à marier. Cela se fait surtout entre cousines : on se raconte des histoires, on se pose des devinettes, on se moque des garçons, on rit beaucoup.

Ma cousine habitait chez sa grand-mère, Bureriya, une vieille toute courbée, à qui elle tenait compagnie. En face, c'était chez ses parents. Son père, Ngoboka, était un homme très fort, qui n'avait peur de personne. Il avait une hache qui tenait à distance tous ceux qui lui cherchaient des ennuis.

À plusieurs reprises, les jeunes du Parmehutu tentèrent de s'emparer de Mukantwari. Dès qu'on les entendait venir, Mukantwari et moi, nous nous jetions sous le lit de la grand-mère et celle-ci, brandissant son petit bâton, criait du plus fort qu'elle pouvait : « Allez-vous-en ! Allez-vous-en ! » Elle saisissait un tison dans le foyer et le faisait tournoyer sous le nez des assaillants.

Aux cris de la vieille, Ngoboka — et son nom

signifie justement Celui-qui-arrive-à-point — accourait et mettait en fuite les ravisseurs dont le courage n'allait pas jusqu'à affronter un colosse et sa terrible hache, surgi de la nuit.

Les filles tutsi fascinaient les Hutu. Les dirigeants donnaient l'exemple : épouser une Tutsi faisait partie du droit du vainqueur. On venait se servir à Nyamata.

À Nyamata, cela s'appelait alors commune Kanzenze, c'était le bourgmestre qui avait commencé. C'était un Hutu qui venait du Rwanda comme nous disions. On n'avait trouvé personne d'assez instruit chez les Bagesera pour occuper ce poste. Le bourgmestre était un vieux célibataire. On ne sait pourquoi il n'avait pas trouvé à se marier. Mais à Nyamata, il n'était pas difficile de prendre femme. Il s'empara de Banayija, une très belle fille, dont la mère était une pauvre femme qui survivait tant bien que mal, avec ses quatre filles, en vendant des cigarettes au détail et de la bière de sorgho et de banane. Quand le bourgmestre vint enlever sa fille, il ne demanda l'avis ni de Banayija ni de sa mère. « Les Tutsi et leurs filles, aimait-il à répéter, n'ont plus le droit à la fierté. » Et il est parti avec Banayija.

Bien d'autres sont venus se servir à Nyamata. On cachait les filles que leur beauté mettait en danger. Mais souvent les parents n'osaient pas refuser tant ils se sentaient menacés. Et puis livrer une fille aux persécuteurs, c'était peut-être sauver la famille.

VII

1968 : l'examen national, un succès inespéré

Au bout de six années d'école primaire, les élèves voyaient se dresser devant eux un barrage presque infranchissable : le fameux et terrible examen national, le concours qu'il fallait coûte que coûte réussir pour faire partie des quelques élus admis en secondaire. Il y avait encore moins de place pour les Tutsi puisque, selon les quotas ethniques mis en place par le régime hutu, ceux-ci n'avaient droit qu'à 10 % dans la liste des admis. Ce pourcentage leur était parcimonieusement accordé et selon des critères qui n'avaient souvent rien à voir avec les notes obtenues. À Nyamata, on était loin du fatal quota ethnique : la plupart du temps aucun candidat de Nyamata ne figurait sur la liste des admis.

C'est en 1968 que j'ai passé l'examen national. Personne évidemment ne se faisait d'illusions sur les résultats : cela n'empêchait pas les élèves de travailler, les maîtres de les encourager ni les parents d'espérer. Mais on savait bien que sur le demi-millier d'élèves qui se présentaient à Nyamata, les reçus se compteraient sur les doigts d'une seule main.

Le matin de l'examen, j'étais bien décidée à ne pas m'y présenter. Je prétextai que j'avais attrapé l'agapfura — une angine. J'étais prise d'une ardeur irrésistible pour les travaux du ménage ; il était urgent de balayer la cour, d'aller chercher de l'eau, beaucoup plus urgent et important que de faire dix kilomètres pour me présenter à un examen que je n'avais aucune chance de réussir. Ma mère était prête à céder. Mais mon père ne l'entendait pas ainsi. Il comptait avant tout sur la réussite scolaire de ses enfants. Il croyait que ce serait peut-être pour la famille un moyen de s'en sortir, d'être épargnée. Il ne démordait pas de cette illusion. Avant que le système d'apartheid ethnique ne soit définitivement mis en place, André et Alexia avaient pu aller à l'école secondaire. C'était mon tour. Comme eux, je continuerais mes études.

Mon père m'ordonna sur un ton sans réplique : « Vite, prépare-toi. » Je me débarbouillai le visage, je me lavai les pieds (il n'y avait pas assez d'eau ce matin-là pour faire une plus grande toilette). Je passai la robe de l'école. Mon père avait déjà noué son pagne blanc, mis son bâton sur ses épaules et me poussait sur la route de Nyamata.

On avait, comme d'habitude, aménagé les salles d'examen à la mission. Il y avait les trois classes de l'école primaire de Nyamata et celles de Cyugaro, de Ntarama et de Musenyi. Il fallait être bon en français, en calcul, connaître le nom des ministres, la date de l'indépendance, le rôle du parti... Il fallait être bon, mais pas trop. On avait depuis longtemps remarqué que les élèves les plus brillants n'étaient jamais admis. Mieux valait se tenir dans une honnête moyenne. De toute façon, les critères sur lesquels étaient choisis les lauréats de Nyamata nous restaient profondément mystérieux.

On attendait les résultats pendant toutes les grandes vacances. Ils étaient proclamés vers la fin de celles-ci à la radio. Chez nous, il n'y avait pas de radio mais cela ne me préoccupait guère. À douze ans, je m'étais faite à l'idée que je resterais paysanne. Dans mon pagne déchiré, un foulard crasseux noué sur ma tête, je retournerais la terre. Je ferais cela toute ma vie, si du moins on me laissait vivre.

*

Un après-midi, juste après le repas, nous étions dans la cour à l'ombre du grand manioc. Nous nous reposions en écossant des haricots. Tout à coup, une foule est apparue au bout de la piste. Elle paraissait joyeuse. Il y avait des femmes, des jeunes filles, des enfants qui dansaient. Et ils criaient et, à mesure qu'ils s'avançaient vers nous, nous avons saisi qu'ils criaient : « Mukasonga ! Mukasonga ! » Tout le monde est entré dans notre cour. Devant, il y avait le commerçant de Gitagata qui vendait des cigarettes, du pétrole et des boîtes d'allumettes dans sa minuscule boutique. C'était le seul du village à posséder un poste de radio et, tout essoufflé d'émotion, il nous expliquait qu'il avait entendu mon nom à la radio, Mukasonga Skolastika, et, non seulement elle était reçue, mais elle était inscrite au lycée Notre-Dame-de-Cîteaux, le lycée de la capitale, le meilleur lycée du Rwanda. « *Yatsinze ! Yatsinze !* criait la foule, Mukasonga, elle est reçue ! »

Je ne comprenais pas ce qui m'arrivait. Ma mère renversa son panier de haricots et se mit à pleurer. À mon tour, j'éclatai en sanglots. Mon frère André, on ne sait pourquoi, me lançait des injures. Mon père, qui faisait la sieste, était sorti de la maison enveloppé dans sa couverture. Il levait son bâton comme pour me frapper. Toutes mes sœurs pleuraient. Et la foule riait et dansait.

La fête s'organisa spontanément dans notre cour. Les voisins apportèrent ce qu'ils pouvaient : des arachides, du maïs. Les vieilles m'embrassaient. Les jeunes filles, les enfants dansaient. Je dansais avec eux. Ce n'était pas ma seule réussite qu'on célébrait, c'était celle de tout le village ! Un peu plus tard, Angelina, ma marraine, est venue confirmer la bonne nouvelle. Elle habitait loin, à Gitwe. Son mari était instituteur, il avait un poste de radio. Dès qu'elle avait entendu mon nom, elle était partie en courant et, tout le long de la route, elle avait crié : « Mukasonga ! Mukasonga ! *Yatsinze !* »

On eut bien de la peine à réunir les six cents francs du minerval, les frais de scolarité, et à me procurer le trousseau qu'exigeait le pensionnat : une couverture, une paire de draps, une serviette de toilette, un morceau de savon, un petit seau. Le tailleur du village me confectionna une chemise de nuit et deux culottes, longues comme des caleçons, mes premières culottes. Mon père vendit les régimes de bananes mûres et y consacra le peu d'argent que rapportait la récolte du café. Mais avec tout cela, il ne put malgré tout me payer qu'un seul drap : ce n'est que lorsque j'entrai en troisième année que l'on parvint à compléter la paire. Tous les habitants de Gitagata se cotisèrent et participèrent pour plus de la moitié à l'achat de l'équipement. Je n'étais plus seulement la fille de Cosma et de Stefania mais celle de toute la petite communauté de Gitagata et de Gitwe.

Enfin le grand jour de la rentrée arriva. Il fallait partir de bonne heure pour arriver à Kigali avant la tombée de la nuit. Même pour une bonne marcheuse comme je l'étais, quarante-cinq kilomètres, c'était une expédition. Mon père m'accompagnait. Mais d'abord il fallait dire au revoir aux voisins. C'était long : les salutations, les recommandations. À la fin, les femmes défaisaient le nœud de leur pagne qui faisait office de porte-monnaie et me donnaient quelques pièces, un petit billet tout froissé. Et puis nous sommes partis, nous avons traversé le grand pont sur la Nyabarongo. J'entrais dans un autre monde.

VIII

1968-1971 : *une élève humiliée*

Quand j'arrivai au lycée Notre-Dame-de-Cîteaux, avec la petite valise en carton qui avait servi à mon frère André puis à Alexia, j'étais remplie à la fois d'espoir et d'appréhensions. Mes appréhensions furent plus que justifiées mais je ne perdis jamais espoir.

À Nyamata, j'avais connu la persécution violente et meurtrière ; pourtant la chaleur fraternelle du ghetto donnait la force de résister. Au lycée, j'allais connaître la solitude de l'humiliation et du rejet.

En traversant la Nyabarongo, je n'avais pas abandonné mon statut de Tutsi. Bien au contraire. Il était d'ailleurs impossible de le dissimuler. Chaque élève était muni d'une fiche signalétique sur laquelle était indiquée la prétendue ethnie, une marque au fer rouge. Quand il fallait la présenter à une sœur, son regard et son attitude changeaient aussitôt : méfiance, mépris ou haine ? Je ne voulais pas savoir. On découvrait aussi que je venais de Nyamata. Non seulement j'étais tutsi mais j'étais une Inyenzi, un de ces cafards qu'on avait rejetés hors du Rwanda habitable, peut-être hors du genre humain. D'ailleurs, parmi mes camarades, je me suis vite sentie différente. Ou plutôt, c'étaient elles qui me le faisaient cruellement sentir. Elles me faisaient honte de la couleur de ma peau, pas assez foncée à leur goût, de mon nez, trop droit selon elles, de mes cheveux, trop abondants. C'étaient surtout mes cheveux qui me causaient le plus de souci. Ils étaient éthiopiens, paraît-il, irende, caractéristique à leur avis des Inyenzi. Ces cheveux d'Inyenzi, je passais mon temps à les mouiller afin qu'ils se réduisent à une petite boule, serrée comme une éponge. Le plus souvent, je me résignais à les raser. Cela me faisait de la peine : malgré les moqueries, je tenais à mes cheveux.

On était divisé en équipes qui, à tour de rôle, faisaient la vaisselle, le ménage au réfectoire ou dans les dortoirs. Le chef d'équipe était toujours une fille de troisième année. Mon chef d'équipe s'appelait Pascasie. J'étais la seule Tutsi du groupe. Pascasie et les autres m'avaient prise en grippe. C'était sur moi que retombaient toutes les corvées. J'avais d'ailleurs compris que je n'avais pas à attendre les ordres. C'est moi qui me portais volontaire pour les faire. Comme avait dit le bourgmestre de Nyamata, les Tutsi n'avaient plus le droit à la fierté.

Chaque équipe mangeait à la même table. Les repas, c'était pour moi le plus dur moment de la journée. J'aurais souhaité mille fois ne pas avoir besoin de me nourrir. Dès que l'heure des repas approchait, l'angoisse me serrait la gorge. On entrait dans le réfectoire en silence. Après une prière, on s'asseyait en silence. Une sonnerie donnait le signal de commencer à manger et la permission de parler. Toutes les filles se mettaient à bavarder mais personne ne m'adressait la parole. Je sentais leurs regards qui pesaient sur moi, qui me faisaient comprendre que je n'aurais jamais dû être là, que ma présence leur était répugnante, qu'on les obligeait à cohabiter, et pire encore à manger avec une Inyenzi, un cafard. J'étais résignée à me servir toujours la dernière et, lorsqu'il y avait des bananes ou des patates douces, il ne restait plus rien dans le plat quand arrivait mon tour et je devais me contenter des haricots pleins de charançons que personne ne voulait toucher. Et j'acceptais à la place des autres d'éplucher les patates douces, de faire la vaisselle, de nettoyer les W.-C. Je ne me révoltais pas même si je pleurais en cachette. Je trouvais cela presque normal. Une étrange malédiction pesait sur moi. J'étais tutsi. Et pire encore, je venais de Nyamata, j'étais une Inyenzi. Je n'aurais jamais dû être là au lycée Notre-Dame-de-Cîteaux. C'était une erreur, un moment d'inattention de ceux qui nous avaient rejetés hors de la communauté rwandaise, du peuple majoritaire. Aussi je faisais du zèle. À la messe, j'étais sur le premier banc, j'étais la première à aller me confesser. On ne pouvait rien me reprocher. Mes bons résultats, j'en étais convaincue, étaient mon unique protection.

Il me semble que je n'ai jamais dormi pendant ces trois ans de lycée. À la maison les nuits étaient courtes, mais au lycée il n'y avait pas de nuit. Les quelques élèves tutsi savaient bien comme moi qu'il fallait être parmi les meilleures. Pour cela, elles travaillaient nuit et jour, surtout la nuit. Après le dîner, on sonnait. On allait au dortoir. À l'entrée, on se lavait les pieds, puis on se plaçait devant les lits superposés. On sonnait. On se mettait à genoux. On faisait la prière. On sonnait. On pliait le couvre-lit. On se mettait au lit. Je prenais mille précautions en me glissant sous la couverture pour qu'on ne s'aperçoive pas que, moi, je n'avais qu'un seul drap. La surveillante effectuait encore quelques rondes pour faire cesser les bavardages. On éteignait les lumières.

Mais nous autres, les Tutsi, nous guettions. Nous attendions que toutes nos camarades soient profondément endormies, qu'il n'y ait plus personne pour se rendre aux toilettes, que les sœurs se soient définitivement éloignées. Alors Agnès, qui était en troisième année, agitait la toile verte qui servait à toutes de couvre-lit : c'était le signal. On sautait du lit avec beaucoup de précautions. On s'enveloppait dans le couvre-lit qui nous protégerait du froid de la nuit et on suivait Agnès qui était toute petite et dont le couvre-lit traînait par terre et que nous appelions pour cela Monseigneur. Le défilé silencieux aboutissait aux W.-C., le seul endroit où une veilleuse restait allumée toute la nuit. On fermait soigneusement la porte contre laquelle s'asseyait l'une d'entre nous au cas où quelqu'un surviendrait. Nous avions notre salle d'étude pour la nuit. Souvent, jusqu'au petit matin, nous y apprenions nos leçons, y faisions nos devoirs. Tout ce que j'ai appris à Notre-Dame-de-Cîteaux, je l'ai appris dans les W.-C.

Les professeurs paraissaient adhérer pleinement au système en place. La plupart étaient des Belges, sauf le prof de français qui était français et la prof d'anglais qui était anglaise. La seule Rwandaise était la prof de kinyarwanda, Victoria, une Tutsi. Il fallait en tout cas se méfier des professeurs. Les anciennes, dès notre arrivée, nous avaient averties en nous racontant l'histoire de Sylvia. Sylvia était de Nyamata ; dans une rédaction — je n'ai jamais su quel était le sujet —, elle avait eu le malheur de faire allusion aux déplacés de Nyamata et de demander pour eux plus de justice. On racontait que la copie avait été aussitôt transmise à la supérieure, sœur Béatrice. Et Sylvia avait été renvoyée. Il fallait mieux dire que le Rwanda était le pays béni de Dieu, comme le soutenaient les bons pères. C'est Kayibanda qui avait instauré un petit paradis au cœur de l'Afrique. La salle d'attente du ciel. Avant lui, il n'y avait eu que ténèbres et barbarie. J'apprenais par cœur les îles et les villes du Japon : Hokkaido, Nagasaki, Yokohama… Ça ressemblait à du kinyarwanda.

*

La première année fut la plus difficile. Mais peu à peu la quarantaine dans laquelle on m'avait mise s'assouplit un peu. Une fille de troisième année, Immaculée Nyirabyago, qui épousa plus tard un ministre de Habyarimana, me prit sous sa protection. Elle était de Kigali, une vraie fille de la ville ! On disait que son père était tutsi (sa mère était hutu) mais c'était, si je peux dire, une fille « à la mode ». Elle attirait toutes les sympathies, celles de ses camarades comme celles des professeurs. Il s'était formé autour d'elle une petite bande où se retrouvaient toutes les filles de ministres, de directeurs généraux, de gens importants. Il y avait aussi Assumpta, la fille du président Kayibanda.

Il faut dire que, pour gagner la protection, sinon l'amitié, d'Immaculée, je ne ménageais pas mes efforts, j'étais à son service : au risque de me faire renvoyer, je m'échappais du lycée pour aller lui acheter du sucre au marché.

Au petit déjeuner, le lait très allongé que fournissait le PAM n'était pas sucré. Il fallait se débrouiller pour se procurer du sucre. Alors celles qui avaient de l'argent profitaient du temps libre entre la fin du repas et la reprise des cours pour aller discrètement au marché en acheter. Immaculée m'avait promis de m'en donner un peu si j'y allais pour elle. J'allais donc au marché, non pas tellement pour le sucre, mais pour conserver son « amitié ».

À cette époque, cela devait être en 1971, on faisait des travaux entre le lycée et le marché. Il y avait de grands tas de terre. Il suffisait de grimper sur un tas et de se laisser glisser pour arriver de l'autre côté, en plein marché. Un vrai toboggan ! Je ramenais le sucre la peur au ventre d'être surprise par sœur Kisito, l'impitoyable surveillante, mais fière de mon exploit qui renforçait mes liens avec ma protectrice.

Sous la haute protection d'Immaculée, j'étais parfois admise dans la petite bande des filles privilégiées. Bien sûr, je n'étais pas intégrée vraiment et je ne m'y sentais pas à l'aise. Bien que nous portions le même uniforme, la distance entre elles et moi restait infranchissable. Elles sortaient du lycée comme elles le voulaient, elles n'étaient jamais pressées de rentrer en cours, elles ne se gênaient pas pour contester les professeurs. Personne ne leur disait rien. Mais surtout, elles avaient des chaussures et certaines à hauts talons ! Moi, j'étais pieds nus. C'est seulement à la fin de la troisième année, en trichant sur le minerval, que j'ai pu acheter des kambambili, ce qu'on appelle en français, je crois, des tongs, mes premières chaussures !

L'attitude des amies d'Immaculée envers moi était très ambiguë. Beaucoup avaient des mères tutsi, épouses forcées des hommes au pouvoir. Bien sûr, elles étaient hutu puisque leur père l'était. Mais on aurait dit qu'elles avaient besoin de se démarquer de cette tache originelle : avoir une mère tutsi. Aussi faisaient-elles souvent de la surenchère dans le mépris et la méchanceté envers leurs camarades tutsi. Mais quelquefois, au contraire, elles semblaient vouloir se rapprocher d'elles et nouer des liens d'une étrange complicité. C'est ainsi qu'un jour je suis allée manger de la pâte de manioc chez Kayibanda.

Le dimanche après-midi, nous pouvions sortir du lycée. Généralement, je ne profitais pas de la permission et je restais au lycée à travailler. Mais quelquefois, sur l'insistance d'Immaculée, je suivais la petite bande qui allait chez l'une ou chez l'autre manger de la pâte de manioc. La pâte de manioc était considérée comme le mets « civilisé » par excellence, celui qu'on ne mangeait qu'en ville, un peu comme du champagne en France. Assumpta, comme les autres, invitait de temps en temps chez son père, le président. Je me demande encore pourquoi Immaculée et ses amies m'y entraînèrent. Était-ce par amusement, par défi, pour m'humilier ? Je n'en menais pas large lorsqu'il fallut passer les barrages militaires qui gardaient la résidence présidentielle. Je ne me distinguais pourtant des autres ni par mes traits ni par ma taille. Mais je pensais sans cesse à mes cheveux. J'étais persuadée qu'ils allaient me dénoncer, qu'à cause d'eux les soldats allaient me prendre. Je passai pourtant sans difficulté au milieu du groupe de jeunes filles que les militaires saluaient amicalement et je me retrouvai dans les cuisines du président de la République. « N'en bouge pas, disaient mes compagnes, ne va surtout pas au salon. Il ne faut pas que le président te voie. » Je mangeais la pâte de manioc dans la cuisine. Si Viridiana, l'épouse du président, survenait, ce n'était pas grave, c'était une Tutsi.

*

Et puis il y avait les vacances, la joie de retrouver la famille, la fête qu'organiserait Gitagata pour le retour de ses « intellectuels ». Je danserais avec les filles restées au village, j'aimais tant danser ! Elles me raconteraient en riant les potins du village et moi les nouvelles de la ville. Je reprendrais la houe au côté de ma mère. Je ne manquerais pas la récolte du sorgho. Mais il y avait avant tout cela une terrible épreuve : la traversée du grand pont sur la Nyabarongo.

Le jour des vacances donc, on partait toutes ensemble, les trois ou quatre filles de Nyamata. On courait, il fallait arriver avant la nuit. Parfois, quand on ne nous avait libérées qu'après le déjeuner, on ne passait pas par la grande route, par Kicukiro. On prenait un raccourci qui nous menait directement à Gahanga. Mais il fallait passer devant le camp militaire. Si les soldats nous demandaient la fiche signalétique, on ne savait jamais ce qui pouvait arriver. Alors on prenait mille précautions, on essayait de passer sans se faire remarquer. Puis on plongeait dans la vallée, on remontait la colline de Mburabuturo, on courait, on courait, on dévalait la pente du Gahanga vers la vallée de la Nyabarongo et on apercevait le grand pont de fer, l'eau rougeâtre, les papyrus des marais. Nous apercevions aussi, à l'entrée du pont, la barrière et les militaires, affalés sur leurs chaises, le fusil entre les jambes, les bouteilles de bière jonchant le sol autour d'eux.

Ils nous avaient vues venir. Ils savaient bien qui nous étions, les Inyenzi de Nyamata. Nous avions beau dissimuler nos cheveux, nous faire toutes petites : ils nous attendaient. Nous n'avions plus le cœur d'avancer, pourtant il fallait bien traverser le pont. Les militaires ricanaient déjà en nous voyant venir vers eux comme en reculant. Ils nous criaient : « Les Inyenzi, baissez la tête, ne nous montrez pas votre figure et votre nez, nous ne voulons pas voir ça, surtout ne nous regardez pas en face, approchez mais baissez la tête, rappelez-vous que vous êtes des Inyenzi. » On leur tendait nos papiers et la séance d'humiliation commençait. Selon leur humeur ou leur fantaisie, ils nous crachaient au visage, nous frappaient à coups de botte ou de crosse. Ils nous tiraient de force au bord de la Nyabarongo et nous obligeaient à nous pencher sur l'eau chargée de boue, comme rougie de sang : « Regardez bien, criaient-ils, c'est là que vous finirez, tous les cafards, les Inyenzi, c'est là qu'on vous jettera. »

IX

1971-1973 : l'école d'assistantes sociales de Butare, l'illusion d'une vie normale

À l'issue du premier cycle, il y avait un concours qui donnait accès soit aux humanités, c'est-à-dire au second cycle secondaire, soit aux écoles professionnelles. Chaque candidat devait émettre trois vœux, dans l'ordre de préférence : l'un serait exaucé selon le résultat et la place obtenue. Je mis comme premier choix l'école d'assistantes sociales de Butare et je précisai que je choisissais non pas la section des auxiliaires en deux ans, mais celle où l'on formait des assistantes sociales à part entière, en quatre ans. Toutes mes amies se moquèrent de moi, disant que jamais, même avec mes notes, je ne serais admise à cette école : l'école d'assistantes sociales de Butare, ce n'était pas pour les Inyenzi de Nyamata.

Je fus pourtant admise à l'école de Butare pour la rentrée 1971, et dans la grande section. On était une trentaine en première année. Il y avait six Tutsi : Aimable, Perpétue, Thérèse, Brigitte, Anasthasie et moi. Mais je m'aperçus bien vite que, contrairement à ce qui se passait au lycée de Kigali, ni les religieuses qui dirigeaient l'établissement ni les professeurs, qui pour la plupart étaient canadiens, ne faisaient cas des différences « ethniques ». L'ambiance de l'école était détendue et les libertés et le confort dont jouissaient les élèves étaient pour moi une découverte inouïe. Il existait donc, dans le ghetto raciste et dévot qu'était le Rwanda, un îlot préservé, où il était possible d'accéder à une vie normale grâce à son seul travail. Bien sûr, chez nos camarades hutu, il y en avait parmi elles qui n'appréciaient pas la présence de Tutsi. Certaines nous surveillaient de près. Tout ce que nous faisions ou disions était rapporté à une élève de troisième année, une certaine Immaculée, surnommée Mastodonte à cause de son imposante corpulence, qui s'était autoproclamée commissaire politique en se vantant d'être proche de la député Mukakayange Angela, une ancienne de l'école. Mais je ne me souciais guère de ces mouchardages. J'avais l'impression qu'à l'intérieur de l'école j'étais protégée, que mes bonnes notes effaçaient la mention Tutsi sur ma fiche signalétique, que cette école, c'était ma chance, que, grâce à elle, la malédiction qui me poursuivait allait être enfin conjurée.

Il faut dire que l'école d'assistantes sociales se voulait à la pointe de la promotion féminine. Les quelques femmes qui étaient devenues députés ou ministres (il y avait toujours une ou deux femmes ministres dans le gouvernement) sortaient de cette école. De temps en temps, ces grandes dames nous rendaient visite et quelques-unes d'entre nous devaient s'imaginer déjà dans la tribune présidentielle le jour de la fête nationale.

Le programme pourtant ne nous préparait ni à la politique ni aux mondanités. Il voulait faire de nous de vrais agents du développement, capables de nous adapter à tous les milieux et avant tout au milieu rural. Aussi, aux cours de français, de maths et d'anglais, s'ajoutaient de nombreux cours pratiques. Il y avait la menuiserie : à partir d'une bille de bois, on devait fabriquer un banc en maniant avec plus ou moins d'adresse la scie et le marteau. En zootechnie, on ne s'en tenait pas à la théorie : on construisait soi-même un clapier pour élever des lapins et on allait nourrir les cochons à la porcherie. L'agriculture se pratiquait sur le terrain : chaque élève était responsable de la plate-bande qui lui était attribuée dans le vaste jardin de l'école. Nous avions intérêt à ce que nos semis réussissent car c'étaient les légumes que nous mangions aux repas. Il faut reconnaître que nous étions mieux équipées que les paysans des collines. Non seulement nous avions la houe mais aussi une binette, un sarcloir, une herse… Il y avait aussi la brouette, un engin infernal qui, chargé de fumier, s'obstinait à zigzaguer malgré tous mes efforts. L'hygiène non plus n'était pas oubliée : il y avait un professeur belge, spécialiste des latrines. Sous sa direction, nous avons creusé la fosse, préparé le soubassement. Mais les latrines sont restées inachevées. Le professeur s'attardait trop longtemps sur la théorie. Bien sûr, nous l'appelions monsieur Musarane — M. Latrines.

Mlle Barbe, une Française, nous initiait à la cuisine civilisée dont la base était la mayonnaise. J'étais devenue experte à tourner la fourchette dans le bol. Je n'ai pas perdu la main. Mlle Barbe entreprit de nous initier aux mystères de la choucroute. Sans trop nous étonner, nous avons suivi scrupuleusement ses indications : couper les choux, les mettre dans un seau, poser dessus une pierre pour bien tasser. Mais je me révoltai quand il fallut vider dans le seau une bouteille de bière, une bouteille de Primus, cet inaccessible breuvage que l'argent de la récolte de café ne permettait même pas d'acheter, qu'on ne donnait qu'aux grands malades, à toute extrémité. C'est en retenant mes larmes que je déversai la bière que j'aurais tant voulu détourner pour mon père. Mais c'était impossible. Mlle Barbe suivait impitoyablement sa recette. Il fallut ensuite surveiller la fermentation, goûter le chou. Mlle Barbe l'avalait, nous le recrachions. Enfin le grand jour arriva. La choucroute était prête. Toutes les filles refusèrent d'y toucher. Mlle Barbe, montrant l'exemple, s'en servit une pleine assiette qu'elle mangea avec appétit. Pendant huit jours, nous ne l'avons plus vue. Quelques-unes voulurent lui rendre visite dans sa petite chambre. On leur dit que ce n'était pas possible, qu'elle était malade. Nous n'osions éclater de rire.

J'ai toujours gardé le sentiment que c'est à Butare que j'ai reçu le meilleur de ma formation. Celle qui m'a permis de m'adapter partout ensuite, aussi bien au Burundi parmi les paysannes hutu qu'en France dans ma profession d'assistante sociale.

*

Une atmosphère insolite de liberté régnait à l'intérieur de l'école. Une religieuse, la sœur Capito, y était pour beaucoup. Elle était âgée mais débordait d'énergie et d'idées. Elle avait introduit des innovations qui faisaient scandale dans un Rwanda où le régime et l'Église imposaient le conservatisme le plus étriqué. Ainsi le réfectoire et les dortoirs étaient sonorisés. Mais les haut-parleurs ne diffusaient ni des cantiques à la Vierge ni des hymnes à la gloire de Kayibanda, c'étaient des chansons de Claude François, d'Adamo, de Nana Mouskouri qui nous accompagnaient toute la journée. *Si j'avais un marteau* était notre réveille-matin. Au dortoir, les lits étaient séparés par des paravents et, pour la première fois de ma vie, comme la plupart de mes camarades, je découvrais les avantages d'une certaine intimité.

Chaque matin, une délégation d'élèves allait établir avec la responsable de la cuisine les possibilités de menu. Ce n'était pas comme à Kigali le porridge plein de charançons, mais les bananes, les légumes, les fruits de notre jardin. Au petit déjeuner, en guise de beurre, nous avions du saindoux : nous attendions le matin avec impatience pour nous régaler de tartines dégoulinantes de graisse onctueuse.

Pour les sorties ou les fêtes nationales, nous portions un uniforme de gala qui nous faisait particulièrement remarquer dans les défilés. Il était serré à la taille et des galons soulignaient l'audace du décolleté. On ne pouvait se tromper, l'élite féminine du pays, c'était nous, les filles de l'école sociale !

Une initiative particulièrement hardie de la sœur Capito nous faisait traiter de chèvres — ihene —, animal symbole du dévergondage et de l'impudeur, par les bien-pensants et les jaloux de Butare. Le dimanche après-midi, de 14 à 16 heures, les garçons du groupe scolaire qui se trouvait à peu de distance de notre école étaient autorisés à nous rendre visite. Oh ! bien sûr, la visite était bien encadrée. Cela se passait dans le jardin : on avait disposé des bancs sous les bougainvilliers. Deux filles par banc. Les deux filles ne devaient recevoir qu'un seul garçon. Elles attendaient sous les bougainvilliers. Les garçons restaient à la barrière. Ils n'osaient pas avancer. Ils restaient derrière la barrière à nous regarder, sous les bougainvilliers. Les filles de quatrième année étaient sans doute plus dégourdies. Elles allaient chercher les garçons. Mais nous, en première année, on ne bougeait pas. On n'a jamais réussi à faire venir un garçon. On est restées là, sous les bougainvilliers.

J'avais aussi avec mes camarades tutsi un autre but de sortie. Nous allions rendre visite à la reine Gicanda, la veuve du roi Mutara Rudahigwa, qui était mort mystérieusement à Bujumbura en 1959. Il fallait faire attention à ne pas être suivies. On prenait mille précautions. Au début, on y venait par curiosité. Moi, j'avais un prétexte. Deux de ses tantes étaient à Nyamata. Je lui donnais des nouvelles. Comme nous, Nyirakigwene et Nyiramasuka avaient été déportées à Nyamata. Elles n'avaient rien perdu de leur dignité royale. Devant leur pauvre cabane de tôle, elles restaient assises face à face, en majesté. Elles étaient toujours coiffées d'un diadème de perles blanches et drapées dans leurs pagnes immaculés. Elles recevaient avec une noble bienveillance les visiteurs qui s'asseyaient sur les nattes disposées comme à la cour. On ne leur parlait guère. Il suffisait de les contempler. Jamais elles n'avaient été elles-mêmes chercher de l'eau ou du bois. On se disputait l'honneur de les servir. Même les Hutu. Gicanda, elle, nous recevait comme une bonne maman. Elle nous donnait du lait à boire. Nous étions transportées dans un autre monde. Celui que nous n'avions pas connu.

En 1994, on s'est acharné sur la vieille dame. Je ne dirai pas comment on l'a humiliée, violée, suppliciée. Je ne veux que me souvenir de celle qui nous donnait du lait, Gicanda, la reine au beau visage.

X

1973 : chassée de l'école, chassée du Rwanda

À la rentrée 1972, je constatai bien vite que l'atmosphère avait changé. Notre directrice, Béatrice, que l'on surnommait Nyiramusambi, la « grue couronnée », à cause de son long cou, avait été remplacée par un nouveau directeur. Celui-ci s'opposait avec violence aux audaces de la sœur Capito et entendait faire régner l'ordre moral qui était la norme maussade et hypocrite du Rwanda très chrétien : plus de musique, plus de rencontres avec les garçons. Un jour qu'il me surprit à fredonner une chanson de Nana Mouskouri, il m'obligea à la chanter devant toutes mes camarades. J'étais morte de honte.

Il y avait parmi les nouveaux professeurs des réfugiées du Burundi, chassées par les événements sanglants de mai 1972 : elles avivaient, s'il en était besoin, les tensions que l'on sentait monter. Nous autres, les Tutsi, nous avions développé des antennes particulièrement affinées pour détecter les signes avant-coureurs et l'accumulation inexorable des menaces. Nous avions bien vite remarqué que Mastodonte et sa cellule politique ne venaient plus en cours. On les voyait faire des va-et-vient dans les couloirs, chuchoter longuement entre elles en prenant des airs importants. Elles fréquentaient assidûment Immaculée, l'une des réfugiées burundaises, et elles allaient souvent dans la belle maison jaune, derrière la poste, qui lui avait été attribuée. Les conciliabules se poursuivaient tard dans la nuit, sur le grand terrain vague qui séparait l'école du bois d'eucalyptus. Nous savions que quelque chose se préparait, que cela allait arriver, que c'était nous, les élèves tutsi, qui étions visées.

Un après-midi, pendant un cours de maths, me semble-t-il, on a entendu un grand fracas. C'était le portail de l'entrée principale qui s'abattait et presque en même temps deux camarades tutsi de dernière année ont ouvert la porte de la classe en criant : « Mukasonga ! Mukasonga ! Dépêche-toi ! » Sans réfléchir, nous nous sommes précipitées dans le couloir. Derrière nous, il y avait cette rumeur de foule lancée à notre poursuite, comme treize ans plus tôt à Magi, cette rumeur qui monte vers moi, que j'entends encore aujourd'hui, qui me poursuit dans mes cauchemars.

Nous avons traversé le terrain vague. Je ne sais comment, on a franchi les barbelés de la clôture et on s'est cachées dans le bois d'eucalyptus qui sépare l'école de la route de Gikongoro. De notre cachette, nous avons vu passer nos camarades qui guidaient les garçons du groupe scolaire en criant : « Les Inyenzi, c'est fini pour eux, cette fois, on va les avoir ! »

À la tombée de la nuit, chacune de nous a essayé de trouver un refuge plus sûr. Pour moi, j'avais Gasana, le frère de ma marraine Angelina qui habitait Butare. Il travaillait à l'Institut pédagogique national où il était logé avec sa sœur Margot, qui, elle, était employée à l'université. J'y allais souvent manger de la pâte de manioc. Ils m'ont accueillie et je ne sais comment ils ont réussi à prévenir ma sœur Alexia, qui était professeur à l'école protestante de Kigeme, à Gikongoro. Il n'était pas question d'aller à Nyamata. Cela paraissait trop dangereux. Il y avait sans doute des barrages sur la route et on ne savait pas non plus ce qui se passait à Nyamata. Alexia est venue me chercher. Comment on est allées à Kigeme, je ne m'en souviens plus. Mais la situation là aussi était explosive. Alexia, déjà menacée, ne pouvait me prendre chez elle. Une collègue de ma sœur, je crois me souvenir qu'elle s'appelait Angèle, accepta de me cacher dans sa maisonnée. C'était une Tutsi mariée à un député hutu. Bien sûr, le maître de maison ne fut pas mis au courant de ma présence : les épouses tutsi des personnalités hutu protégeaient ainsi souvent des membres de leur famille en les introduisant discrètement chez elles. J'essayais donc de me fondre dans la troupe nombreuse des petites servantes qui s'activent habituellement dans les arrière-cours des grandes maisons rwandaises. Une servante de plus ou de moins, qui la remarquerait ? En cas de danger pressant, je me glissais sous un lit et j'y restais parfois une journée entière. Je vivais comme un rat.

Je me suis toujours demandé comment Angèle avait réussi à convaincre son mari de me conduire à Kigali. Avait-il eu pitié de moi ? Le député avait-il eu peur d'être inquiété pour avoir caché une Inyenzi, même à son insu, sous son toit ? Quoi qu'il en soit, c'est dans le coffre de la voiture du député hutu que je gagnai Kigali. On me déposa à l'économat des Missions, où je trouvai un prêtre de Nyamata qui me prit jusqu'à la paroisse.

*

Sur la piste de Gitagata, tout le monde a accouru vers moi en pleurant. Il y avait un nom sur toutes les lèvres : « Régis ! Régis ! » C'était celui d'un voisin, un des fils de Kagango le sculpteur qui donnait aux cannes de belles têtes de femme. Régis et moi avions été dans les mêmes classes à l'école primaire puis il était parti au petit séminaire de Kabgayi. À mesure que j'avançais, je découvrais bribes par bribes son horrible fin. Là comme ailleurs, sous les yeux des missionnaires qui enseignaient aux séminaristes, les élèves hutu s'étaient jetés sur leurs camarades tutsi. Régis était parvenu à s'enfuir mais il avait commis l'imprudence de suivre la grande route de Kigali. Les séminaristes hutu l'avaient rattrapé et ramené à Kabgayi. Là, ils l'avaient rasé avec des morceaux de verre et l'avaient tué à coups de pierre. Tout au long de la route m'accompagnait une interminable lamentation : « Régis ! Régis ! »

Dès que j'arrivai à la maison, on m'interdit de sortir. Mes parents plus que jamais gardaient le silence. C'était comme si les murs avaient eu des yeux et des oreilles. On évitait de parler même aux voisins les plus proches, ceux avec lesquels on partageait tout. Comme répétait ma mère, il ne fallait pas faire de « meetings ». On rabattait la tôle de l'entrée bien avant la tombée de la nuit. On parlait à voix basse.

André qui était enseignant à l'école secondaire de Shyogwe puis, quelques jours après, Alexia sont parvenus à rejoindre la maison. Toute la famille était saine et sauve. Les parents pouvaient exposer le grand projet.

Alexia, André et moi, nous avions eu le malheur d'aller à l'école. Nous devions partir au Burundi. Le Rwanda était désormais trop dangereux pour nous. Si nous avions échappé cette fois, on finirait bien par nous tuer. Peut-être demain.

André était particulièrement indésirable à Nyamata. Il avait eu la malchance, au collège de Zaza, d'être le camarade d'école du futur bourgmestre de Nyamata, Fidèle Rwambuka, un Umugesera. Ils faisaient tous deux le long chemin vers Zaza. C'était loin, au Gisaka, à la frontière de la Tanzanie. Fidèle, le plus grand, avait pris André sous sa protection : il l'aidait à porter sa petite valise et parfois le prenait même sur son dos. Au retour des vacances, il faisait un détour pour le déposer à la maison. Ma mère ne tarissait pas d'éloges sur Fidèle, ce garçon si gentil et si attentif ! À présent, Fidèle Rwambuka était bourgmestre de la commune Kanzenze, selon la dénomination officielle de Nyamata, mieux valait faire oublier son ancienne camaraderie avec un Tutsi.

Il ne nous restait plus qu'à partir. Au Burundi, nous aurions sans doute une chance de continuer nos études, de trouver du travail. Et surtout, les parents ne savaient comment le dire, il fallait au moins que quelques-uns survivent, gardent la mémoire, que la famille, ailleurs, puisse continuer.

Nous avions été choisis pour survivre.

Nous avons discuté longtemps pour savoir qui devait partir. Julienne voulait nous suivre. Elle était trop petite, c'était trop dangereux. Plus tard, elle nous rejoindrait. Mais on ne pouvait laisser les parents seuls. Ils avaient tout misé sur les études de leurs enfants pour sortir la famille de la misère, ils avaient cru que la réussite scolaire était un moyen de contourner la malédiction ethnique. Notre grand frère Antoine avait abandonné l'école pour être aux côtés des parents dans les premières années de Nyamata. André et Alexia décidèrent que l'un d'eux resterait à son tour pour soutenir les parents. Ce fut Alexia qui choisit de rester. André et moi prendrions le chemin du Burundi.

*

Pour nous guider jusqu'à la frontière, on comptait sur Antoine. Il travaillait à l'Institut agronomique de Karama comme jardinier. Il ne rentrait à la maison que le samedi soir. Il faisait la route à vélo. Ce samedi-là, nous nous sommes réunis autour de la cruche de sorgho que ma mère préparait toujours pour le retour de son fils aîné. Antoine nous dit qu'il connaissait mal la brousse ; avec son vélo, il se contentait de suivre les pistes, mais son ami Froduald, dont j'ai déjà parlé, qui était employé au projet d'éradication de la mouche tsé-tsé, lui, était tout indiqué pour nous faire passer au Burundi. Froduald, c'était comme son frère, il était sûr qu'il ne refuserait pas. Et en effet, Froduald accepta.

Le jour fixé pour le départ arriva bien vite. On devait s'en aller au beau milieu de la nuit, lorsqu'on serait sûrs que tout le voisinage serait bien endormi. Ce n'était pas que nous craignions d'être dénoncés mais, si les voisins nous voyaient partir, beaucoup voudraient se joindre à nous. Partir en groupe, c'était impossible, on risquait d'être vite repérés par les patrouilles des militaires de Gako et on pouvait craindre des représailles pour ceux qui restaient.

Mon frère, avec sa première paye, avait acheté un petit lecteur de cassettes. C'était sa fierté. Quand il passait des cassettes, tous les voisins accouraient, on chantait, on dansait. Je me souviens qu'il y avait une chanson qui revenait tout le temps. J'ai retenu un peu du refrain : « Pour la fin du monde, prends ta valise, prends dans ta valise une simple chemise… » Cette chanson, c'était pour nous : pour nous aussi, c'était un peu la fin du monde, mais nous partions sans valise.

Dès que les voisins sont rentrés chez eux, on a fermé la porte et fait semblant de dormir. Froduald est arrivé. Mon père disait le chapelet, il faisait le tour de la bananeraie derrière la maison en égrenant des « Je vous salue Marie… ». Ma mère, qui d'habitude refusait de se joindre à la procession, pour une fois le suivait. Moi aussi, je crois que je l'ai suivi.

L'heure était venue de partir. Il fallait arriver à la frontière avant le lever du jour ; Froduald avait dit qu'il faudrait marcher vite. Ce n'était pas les bagages qui allaient nous encombrer. André, outre le petit sac de toile qui contenait sa chemise et son short, portait contre lui ses deux trésors : son diplôme, qu'il avait soigneusement roulé dans un étui en plastique, et le lecteur de cassettes. Moi, je n'avais que les vêtements que je portais. Dans ma fuite, j'avais abandonné la valise de carton à Butare. Je n'avais pu sauver que les vieilles chaussures à hauts talons qu'Immaculée m'avait données au lycée. J'y tenais tellement qu'imprudemment je les avais mises pour être sûre de ne pas les perdre. Mon père m'avait confié son bien le plus précieux, le joyau de la maison, la bouteille de Bénédictine : le flacon royal, quelque peu déchu, nous servirait de gourde pendant le voyage.

Antoine nous accompagna jusqu'au bout du champ et, sous une pluie battante, nous nous sommes enfoncés dans la nuit. La pluie nous favorisait plutôt : il y avait peu de chances que les militaires de Gako se risquent à patrouiller sous un tel déluge. Froduald n'hésitait pas, la brousse n'avait pas de secrets pour lui. Autour de nous, c'était le tapage habituel de la savane : envolées d'oiseaux, miaulements, galopades... Une masse plus sombre que j'avais prise pour une colline se mit soudain à bouger : c'était un couple d'éléphants qui déambulait majestueusement. « Dépêchons-nous, dépêchons-nous », répétait sans cesse Froduald. Je boitillais aussi vite que je pouvais derrière mes deux compagnons. Le talon d'une de mes chaussures s'était brisé. On se frayait difficilement un chemin dans l'épaisseur des fourrés. Les épines me déchiraient les mains, le visage et les pieds. Le jour se levait. Le soleil perça un instant entre les gros nuages. À perte de vue, il n'y avait que des épineux. « Ça y est, dit Froduald, vous y êtes. On est au Burundi. Continuez tout droit, vous finirez bien par arriver à Kirundo. » On s'est embrassés. Nous étions en larmes. Froduald est revenu sur ses pas. Ce n'est pas ce matin-là qu'on l'a tué, c'est vingt ans plus tard.

XI

1973 : réfugiée au Burundi

Nous espérions atteindre rapidement Kirundo, la première agglomération burundaise après la frontière. Mais entre la frontière et Kirundo s'étend, comme du côté rwandais, une zone inhabitée où il est difficile de s'orienter. Nous avions peur de tourner en rond ou, sans nous en rendre compte, de revenir sur nos pas. Après avoir erré longtemps — nous étions épuisés et je boitillais de plus en plus lentement derrière mon frère — nous nous sommes joints à un groupe de réfugiés qui, nous dirent-ils, venaient de Butare, puis nous avons fini par rencontrer des Burundais qui, voyant qui nous étions, nous dirent de les suivre. Ils nous conduisirent jusqu'à un vaste campement. On avait abattu une bananeraie et on avait construit un grand abri couvert de feuilles, sous lequel s'entassaient les réfugiés. Ils étaient jeunes comme nous. Ils étaient transis et mouillés jusqu'aux os, car la couverture de feuilles protégeait mal de la pluie battante. Il y avait parmi eux Gasana, le frère de ma marraine, chez qui j'avais trouvé refuge à Butare. Il nous fit une place à côté de lui et je me suis écroulée de fatigue sur les feuilles qui servaient de couchette.

On est restés là quelques jours. La pluie ne cessait pas. Nous étions couverts de boue. Il n'y avait rien à manger que des bananes vertes. Des buissons environnants montaient une odeur infecte. Pourtant nous étions heureux. Au moins, au fond de notre boue et de notre puanteur, on ne nous tuerait plus. C'était comme si nous avions gagné une bataille : nous survivions. Et c'était vrai : nous n'en avions peut-être pas clairement conscience, mais nous étions déjà des survivants.

Les autorités burundaises nous ont enfin dirigés sur Kirundo. Les fonctionnaires et les étudiants étaient logés dans l'unique hôtel de la localité. À l'Auberge du Nord, chez Murara. C'était un Rwandais. Lui et ses filles faisaient tout ce qu'ils pouvaient pour accueillir de leur mieux leurs pauvres compatriotes. Nous étions une dizaine par chambre. On mangeait bien. La famille Murara était pleine d'attentions. J'aurais pu me croire en vacances. Cela a duré à peu près deux semaines. Puis des camions sont venus nous chercher pour nous conduire à Bujumbura. Ils nous ont déposés dans un camp qui avait été aménagé à l'entrée du quartier de Bwiza. Cette fois, nous étions bien des réfugiés.

Le camp semblait plus ou moins contrôlé par Rukeba, le fameux Inyenzi, le Hutu fidèle au roi. Il parcourait le camp en tout sens, prenant des notes sur les gros registres qu'il portait toujours avec lui : il prétendait distinguer les Tutsi authentiques de ceux qui ne l'étaient pas. Il allait démasquer les traîtres qui s'étaient infiltrés parmi nous. Les autres, les vrais Tutsi, il voulait les enrôler et les organiser pour les ramener chez eux. Ses discours activistes n'avaient guère de succès parmi les nouveaux exilés. C'est dans les études que nous pensions trouver refuge et peut-être, plus tard, notre revanche : les études, nous devions les poursuivre coûte que coûte.

Les réfugiés avaient été hébergés dans des hangars, sans doute d'anciens entrepôts désaffectés. Les conditions d'hygiène étaient lamentables. La dysenterie faisait des ravages, on parlait même de choléra. Aussi André décida avec cinq collègues de louer une chambre dans le quartier de Bwiza. On réunit le peu d'argent que chacun avait pu emporter avec lui. Ma mère nous avait donné ce qu'elle avait mis de côté en vendant des arachides et des bananes. Il y avait toujours quelque part dans la maison un pauvre trésor que ma mère réservait pour les imprévus. Elle dissimulait des pièces, quelques billets froissés, dans un petit trou qu'elle avait creusé sous son lit. C'était sa manie. En 1994, après l'avoir tuée, les assassins en détruisant la maison ont dû s'emparer de ces maigres économies, à moins qu'avec ce peu d'argent elle ait essayé d'acheter la vie de ses petits-enfants, les enfants d'Antoine qui habitait à proximité.

Nous nous sommes retrouvés à douze dans la petite pièce que nous avions louée : six garçons, six filles. Chacun des amis d'André avait fui comme lui avec une de ses sœurs. De toute façon, l'argent s'est vite épuisé et nous avons dû quitter très rapidement notre chambre. Heureusement pour nous, les autorités burundaises se montraient accueillantes et généreuses envers les réfugiés rwandais. On donnait rapidement un poste aux enseignants qui en faisaient la demande et les étudiants étaient intégrés sans trop de formalités dans le cursus scolaire burundais. Certains en profitèrent pour reprendre des études qu'ils avaient été contraints d'interrompre. André fit les démarches nécessaires et fut nommé professeur au petit séminaire de Muyinga, dans l'est du pays. Moi-même, j'intégrai l'école d'assistantes sociales de Gitega. Après avoir passé un test, je fus admise en troisième année.

*

André et moi étions seuls. Nous n'avions aucune famille au Burundi, guère de connaissances. Les Rwandais établis dès les années soixante nous accueillaient avec une certaine réticence : pour eux, nous arrivions bien tard. Il fallait nous débrouiller sans compter sur personne. Nous avons donc établi le plan suivant :

mon frère avait décidé de continuer ses études. Il avait toujours rêvé d'être médecin. Ce qui était impossible au Rwanda était peut-être réalisable au Burundi. Mais il fallait d'abord que j'obtienne mon diplôme d'assistante sociale et que je trouve du travail. Tant que je serais à l'école, André travaillerait pour assurer notre survie et payer mes études, et quand j'aurais terminé, que j'aurais trouvé un poste, que je serais devenue autonome, il reprendrait ses études. Je pourrais l'aider à mon tour.

Nous avons suivi bien exactement notre plan. Je ne pensais qu'à travailler, qu'à réussir pour qu'André puisse à son tour reprendre ses études. À l'école, nous étions cinq Rwandaises ; nous étions bien sûr inséparables, mais mes camarades hutu dont les familles avaient été touchées par les massacres de 1972 venaient volontiers vers moi. Nous nous considérions comme les victimes de la même folie « ethnique ». Cela nous rapprochait. Il en était de même avec les paysannes auprès desquelles je faisais de l'animation rurale. J'étais bien accueillie par les veuves, elles ne voyaient en moi qu'une malheureuse exilée poursuivie par la même fatalité implacable qui, au Rwanda comme au Burundi, s'était abattue sur nos deux peuples et les menait, sans que nous, les femmes, puissions nous y opposer, jusqu'au fond de l'horreur.

J'ai obtenu mon diplôme d'assistante sociale en juin 1975. En octobre, mon frère s'inscrivait à la faculté de médecine de Bujumbura. Elle n'en était qu'à ses débuts. Les étudiants y faisaient les deux premières années d'études. Ensuite, les meilleurs, après un concours très sélectif, allaient achever leurs études à Dakar. André fit partie de ceux qui obtinrent leur billet pour le Sénégal. Il y acheva ses études de médecine, accumula les spécialisations. Les études, pour ceux qui avaient la chance de pouvoir les poursuivre, c'était le grand refuge.

J'ai été engagée dans un projet de développement rural de l'Unicef pour la province de Gitega. Le projet entendait lutter contre la malnutrition des enfants. Il s'agissait d'initier les femmes aux cultures maraîchères et à celle du soja, riche en protéines. Je formais des animatrices rurales qui regroupaient autour d'elles les femmes de leur voisinage décidées à améliorer leur condition et celle de leurs enfants. J'aimais ce travail sur les collines. Je choisissais un grand arbre que je nommais pompeusement « centre d'animation » et au pied duquel les mères venaient avec leurs bébés. Je déroulais mon pagne aux motifs zaïrois. Je le nouais sur mon jeans. Il fallait, m'avait appris sœur Mariette, la directrice de l'école de Gitega, être la plus proche possible du public. Je saluais la petite foule rassemblée autour de moi, selon la politesse, en répétant trois fois : « *Tugire amahoro* — ayons la paix. » J'installais sur l'herbe mon matériel pédagogique. C'étaient de grandes fiches prêtées par le centre de santé de Gitega. On y montrait, par exemple, un enfant rachitique mâchonnant une patate douce tandis qu'un autre, joufflu et dodu, souriait devant un plat fumant de haricots nappés de jus de soja. On passait ensuite à l'application pratique. On rassemblait les produits et les ustensiles que les femmes avaient apportés ; j'y ajoutais les miens : de la farine et de l'huile de soja, du lait en poudre. On faisait la cuisine selon les principes que j'avais longuement exposés et qui étaient illustrés par les images qui fascinaient mon auditoire. L'animation se transformait bientôt en un grand pique-nique qui prenait des airs de fête au village. Il y avait même des hommes pour nous rejoindre, surtout des veufs. Il est vrai que tout était fait pour attirer la curiosité des villageoises : les images, le repas sur l'herbe, la Land Rover et son chauffeur. Parfois je conviais une équipe de l'OMS, chargée de la vaccination, à se joindre à moi. Il fallait convaincre les mères de faire vacciner leurs enfants. Nous en discutions longuement. On se moquait parfois de mes façons de parler rwandaises, mais on m'aimait bien, on me faisait confiance.

C'est sur les collines de Giheta que j'ai rencontré Claude, mon mari, un Français. Avec une équipe de chercheurs burundais, il recueillait les traditions que conservait la mémoire des anciens. Nous allions ensemble chez les tambourinaires, nous repérions les cercles de vieux ficus qui sont, au Burundi comme au Rwanda, les vivants vestiges des grands enclos d'autrefois.

Le projet de l'Unicef n'était prévu que pour trois ans. Il n'a pas été renouvelé. Il en va ainsi des projets internationaux. J'ai travaillé ensuite dans le cadre d'un programme de la Banque mondiale qui ouvrait des écoles pour accueillir les jeunes rejetés du système scolaire. Je me suis mariée. J'ai eu deux fils. Mon frère était médecin-chef à l'hôpital de Thiès. Mon mari était nommé à Djibouti. La vie semblait m'éloigner du Rwanda. Il n'était plus en moi qu'une inguérissable blessure.

XII

Rwanda : un pays interdit

Longtemps, je n'ai reçu aucunes nouvelles de mes parents, de mon frère, de mes sœurs restés à Nyamata. Il n'était pas question de leur écrire. Une lettre venue du Burundi était toujours considérée comme suspecte et pouvait occasionner de graves ennuis à ceux auxquels elle était adressée. Je guettais les bruits et les rumeurs venus du Rwanda. Je pressais de questions ceux qui osaient s'y risquer. Ce n'est que lorsque André fut au Sénégal qu'il put faire parvenir une lettre à Nyamata leur expliquant notre situation. Le courrier venant d'Afrique de l'Ouest n'était apparemment pas considéré comme dangereux.

C'est sans doute à la suite de ce courrier que mes parents autorisèrent Julienne à me rejoindre. Depuis 1973, les élèves de Nyamata n'avaient plus accès au secondaire. Ceux qui persistaient à vouloir poursuivre des études étaient dirigés vers des écoles dites « complémentaires ». Les filles y apprenaient la couture, la cuisine et de vagues notions de français. Cela ne menait évidemment pas loin et surtout pas à un emploi. Julienne, elle aussi, voulait tenter sa chance. Les parents finirent par se laisser convaincre. Et c'est ainsi que je la vis arriver à Gitega. Quelque temps après, Jeanne vint nous rejoindre. Elle avait obtenu, je ne sais comment, un laissez-passer. Mais, elle, elle venait pour une simple visite.

Je n'avais jamais abandonné le projet de revoir mes parents. Dès mon arrivée à Bujumbura, j'avais tenté de revenir au Rwanda. Avec trois camarades, nouvellement exilées comme moi, nous étions allées au poste frontière de la Kanyaru, sur la grande route de Bujumbura à Butare. Nous pensions que, peut-être, les filles, on les laisserait revenir sans trop chercher d'ennuis. Les policiers burundais ne voyaient aucune difficulté à nous laisser passer, mais ils nous déconseillèrent fortement de tenter notre chance de l'autre côté de la frontière. Ce qui se passait au-delà de la Kanyaru n'avait, disaient-ils, rien de rassurant pour nous. Résignées, nous avons repris le chemin de Bujumbura.

Julienne et moi, nous avons décidé de raccompagner Jeanne au Rwanda. Nous ne passerions évidemment pas par un poste frontière. Pour mes sœurs, une fois au Rwanda, cela ne faisait pas de problèmes, du moins pas plus que ceux que posait ordinairement la mention « Tutsi » sur une carte d'identité. Mais moi, j'étais partie avant dix-huit ans, je n'avais pas la fameuse carte d'identité nationale et « ethnique » que tout Rwandais avait obligation de porter sur soi.

J'espérais quand même me faufiler entre mes sœurs sans trop me faire remarquer. C'est à peu près ce qui s'est passé.

Nous avons franchi la frontière par un petit sentier aux environs de Kirundo et nous avons fini par rejoindre une piste sur laquelle circulait une foule considérable qui se dirigeait vers le grand marché de Ruhuha. Ayant pris soin de dissimuler sous un vieux pagne maculé de boue tout ce qui pouvait nous dénoncer comme venant de la ville, nous nous sommes mêlées aux femmes qui portaient sur la tête des paniers pleins de haricots ou des régimes de bananes. À Ruhuha, on prit place à l'arrière d'une des camionnettes Toyota qui assurent la liaison avec Nyamata. Mais nous avions beau nous faire les plus petites et les plus discrètes possible, entre les ballots et les paniers des autres passagers, nous savions que nous n'échapperions pas au contrôle d'identité des militaires de Gako.

La camionnette stoppa à la barrière de Gako et tous les passagers tendirent leur carte d'identité aux deux militaires. Notre tour arrive. Je fais semblant de rechercher ma carte d'identité. Au bout d'un long moment de recherches de plus en plus fébriles, je dis à Jeanne : « Jeanne, donne-moi ma carte, c'est toi qui l'as. » Jeanne me tend sa carte. « Mais non, ce n'est pas la mienne. Ce n'est pas parce que je ne sais pas lire que je ne reconnais pas ma photo. » Je deviens de plus en plus agressive. Je suis prête à me jeter sur ma sœur. Les militaires d'abord amusés puis lassés de tout ce tapage finissent par nous dire : « Allez, ça suffit, partez. » La barrière de Gako s'ouvre enfin à notre grand soulagement.

La camionnette nous déposa à l'embranchement de la piste de Gitagata. Je reprends la route bordée de maisons et de caféiers. Je connais tous ceux qui y habitent. J'ai envie de pousser chaque porte, de dire : « C'est moi, Mukasonga, je suis revenue ! », de me jeter dans leurs bras selon le rituel long et chaleureux des salutations rwandaises. Mais ce n'est pas possible. Je marche à bonne distance de mes sœurs. J'essaie de dissimuler mon visage. Devant la maison de ma marraine, je presse le pas. Il ne faut pas qu'on me reconnaisse. Ce serait trop dangereux pour tous ceux de Gitagata.

À la maison, ma mère éclate en sanglots, mon père ne parvient pas à dissimuler son émotion. Mais très vite, je sens comme une gêne. On a fermé la porte bien avant la nuit. On guette avec appréhension les pas d'éventuels visiteurs. On me recommande de ne pas bouger de la chambre de derrière. Mon père parle bas. Il veut me faire comprendre quelque chose. C'est difficile de dire à sa fille qu'elle ne peut pas rester chez ses parents, qu'elle doit repartir le plus vite possible. Cette nuit même. Le conseiller finira par apprendre que je suis là, et le bourgmestre Rwambuka. Alors… On va chercher Antoine. Il nous reconduira Julienne et moi jusqu'à la frontière. Ma joie se change en une immense tristesse. Ma mère et moi qui avons tant de choses à nous dire, nous ne pouvons que pleurer en attendant le départ. Au milieu de la nuit, nous reprenons le chemin du Burundi.

*

En mai 1986, je rendis une dernière visite à mes parents. Je ne savais évidemment pas que ce serait la dernière. Cette fois, je n'allais pas au Rwanda par des chemins clandestins. J'y allais avec mon mari et mes deux enfants. J'étais française. Sur mon passeport, l'ambassade du Rwanda à Bujumbura avait apposé un visa en bonne et due forme. Je rentrais chez moi, en étrangère sans doute, mais au moins par la grande route. Cette fois, je n'arrivais pas à l'improviste. De Butare, ma sœur Alexia avait prévenu les parents : Mukasonga allait venir, avec son mari, avec ses enfants, deux garçons !

Sur la piste de Gitagata où il ne passe guère de véhicules, les enfants couraient derrière la voiture et quand elle s'est arrêtée devant chez Cosma, tous les voisins se sont écriés : « C'est Mukasonga ! »

Mes parents avaient pour quelque temps oublié leur peur. Ils avaient préparé tout ce qu'il fallait pour célébrer la visite de leur fille qui leur apportait deux garçons : de l'ikigage, la bière de sorgho, de l'urwarwa, la bière de banane. Pour ajouter au faste de la fête, on alla chercher un peu de Primus à la boutique du village. J'expliquai à ma mère que mon mari était nommé à Djibouti, que je partais loin d'eux, qu'on ne se reverrait peut-être pas avant longtemps. Elle en fut bien sûr peinée mais en même temps soulagée, comme si c'était un danger qui s'éloignait — pour eux ? pour moi ?

Je constatai qu'il y avait du changement chez les parents : derrière la vieille case où nous avions emménagé en 1963, on avait bâti une nouvelle maison. Cette maison, c'était un rêve que, lorsque nous étions encore étudiants, André, Alexia et moi, nous nous étions juré de réaliser : consacrer nos premières payes de fonctionnaires — car à l'évidence nous ne pouvions être que fonctionnaires — à faire construire pour les parents « une maison comme celle des Blancs ». Oh ! bien sûr, elle n'était pas tout à fait « comme celle des Blancs », il n'y avait ni eau courante, ni électricité, ni évidemment de salle de bains, mais il y avait des chambres avec des cloisons et des portes. Toute la famille avait contribué à la bâtir soit en participant aux travaux, soit en la finançant. De mon côté, j'avais économisé autant que j'avais pu sur mon modeste salaire et je leur faisais parvenir ce peu d'argent par l'intermédiaire d'un prêtre rwandais, le père Fulgence, qui était comptable à Caritas du Burundi. Il faisait suivre à Caritas-Rwanda, qui transmettait à la paroisse de Nyamata. J'avais ainsi contribué de mon mieux à la construction de la nouvelle maison.

Mais mon père avait quelque chose de plus extraordinaire encore à me montrer. Dans la nouvelle cour, il y avait des vaches ! Mon père avait réussi à reconstituer son troupeau. Certes un bien pauvre troupeau : trois vaches et trois veaux. Mais mon père me présentait avec fierté le taurillon qu'il avait réservé pour son petit-fils, Aurélien, et qu'il allait solennellement lui donner.

La grande fête se déroula donc le lendemain. Tout Gitagata était là : les hommes dans la cour, les femmes à l'intérieur de la maison. Mon père prit la parole, fit comme il se doit l'éloge de sa fille, de son gendre, de ses petits-fils, Aurélien et Joël, du petit taureau qu'il avait attribué à l'aîné, Aurélien. Chacun des convives prit à son tour la parole et fut écouté dans un silence religieux tandis que circulaient les cruches de bière où les uns après les autres plongeaient leur chalumeau. Claude, mon mari, dut lui aussi prononcer un discours que personne ne comprit mais que tout le monde approuva gravement et applaudit.

Chez les femmes, l'ambiance était moins solennelle. Des chansons interrompaient les bavardages et nous nous sommes mises à danser. Je me suis mise à danser comme autrefois je le faisais pour les mariages. Et c'était un peu mon mariage que mes parents voulaient célébrer. Les femmes disaient : « Mukasonga, c'est toujours la meilleure danseuse. Elle, au moins, elle ne joue pas l'intellectuelle. » Et on se souvenait comment nous allions ensemble chercher de l'eau, ramasser du bois, comment nous chassions les singes qui venaient piller notre sorgho.

Il y eut toutefois une ombre sur notre joie. Une famille inconnue que ma mère avait envoyé chercher vint se joindre à la fête. Ma mère, un peu gênée, m'expliqua à mi-voix que c'étaient nos nouveaux voisins, des Hutu, venus du nord du pays. On les avait installés tout au bout de notre champ. Ils n'étaient pas les seuls. Les autorités avaient attribué des terres à des familles venues des provinces de Ruhengeri et de Gisenyi. Il est vrai que ces provinces étaient surpeuplées mais, surtout, c'était sur elles que s'appuyait le régime d'Habyarimana. Désormais, Nyamata était quadrillé par des fidèles du président. « Tu comprends, m'expliquait ma mère, je ne pouvais faire autrement. Il fallait les inviter. D'abord, ce sont nos voisins. Et puis, de toute façon, ils auraient su. »

Je partageai la bière avec eux. Leurs enfants, dans la cour, partagèrent le repas avec les autres enfants. En 1994, ils étaient toujours là, au bout de notre champ. Qu'ont-ils vu ? Qu'ont-ils fait ?

Nous comptions rester quelques jours à Nyamata. Mais le lendemain, ma mère vint me dire discrètement qu'il fallait mieux que nous partions : « C'est mieux pour les petits, prétexta-t-elle, ils ne sont pas habitués à notre nourriture. » J'avais compris : peut-être mes enfants et moi-même étions-nous en danger mais, surtout, notre présence était une menace pour mes parents et pour toute la famille.

Le lendemain, nous avons repris la route du Burundi. Je revois ma mère, sur le bord de la piste, sa frêle silhouette enveloppée dans son pagne. C'est la dernière image que j'ai gardée d'elle, une petite silhouette qui s'efface au tournant de la piste.

XIII

1994 : le génocide, l'horreur attendue

L'angoisse m'envahit quand je pense à ce printemps 1994. J'en suis encore à me demander comment j'ai pu m'occuper de mon foyer, de mes enfants, suivre les cours pour obtenir le diplôme français d'assistante sociale, regarder les arbres en fleurs de ce printemps de France. Ces mois d'avril, mai et juin, je les ai traversés comme une somnambule. Je savais qu'à Nyamata il n'y avait pas d'espoir. Déjà en mars 1992, on avait procédé au Bugesera à une répétition générale : les maisons avaient brûlé, les Tutsi avaient été jetés dans les latrines. Antonia Locatelli, une volontaire italienne, avait été assassinée pour avoir tenté d'alerter la presse internationale. Ma famille avait échappé aux tueries, mais pour combien de temps ? J'avais reçu une lettre de mon père. Il écrivait avec une bizarre insistance qu'il pleuvait comme jamais il n'avait vu pleuvoir. Le message n'était pas difficile à décrypter. Les Tutsi de Nyamata attendaient l'holocauste. Comment auraient-ils pu y échapper ?

La mort d'Habyarimana allait servir de déclencheur à ce qu'à Nyamata nous tenions pour inéluctable et qu'on allait désigner d'un mot que j'ignorais encore : le génocide. En kinyarwanda, on dirait gutsembatsemba, un verbe qui signifie à peu près éradiquer et qu'on employait jusque-là à propos des chiens enragés ou des bêtes nuisibles. Quand j'appris les premiers massacres de Tutsi qui suivirent immédiatement la mort d'Habyarimana, ce fut comme un court instant de délivrance : enfin ! Désormais, nous n'avions plus à vivre dans l'attente de la mort. Elle était là. Il n'y avait plus moyen d'y échapper. Le destin auquel étaient voués les Tutsi allait s'accomplir. Une satisfaction morbide me traversa l'esprit : à Nyamata, depuis si longtemps, nous savions ! Mais comment aurais-je pu imaginer l'horreur absolue dans laquelle allait être plongé le Rwanda : un peuple tout entier se livrant aux pires des crimes sur les vieillards, les femmes, les enfants, les bébés, avec une cruauté, une férocité si inhumaines qu'elles laissent aujourd'hui les assassins sans remords.

Je n'étais pas parmi les miens quand on les découpait à la machette. Comment ai-je pu continuer à vivre pendant les jours de leur mort ? Survivre ! C'était, il est vrai, la mission que nous avaient confiée les parents à André et à moi. Nous devions survivre et je savais à présent ce que signifiait la douleur de survivre. C'était un poids énorme qui tombait sur mes épaules, un poids bien réel qui m'empêchait de gravir le petit escalier qui menait à la salle de cours, qui m'arrêtait devant la porte de mon appartement, incapable de l'ouvrir et de la franchir. J'avais en charge la mémoire de tous ces morts : ils m'accompagneraient jusqu'à ma propre mort.

À Nyamata, nous avions depuis longtemps accepté que notre délivrance soit la mort. Nous avions vécu dans son attente, toujours aux aguets de son approche, inventant et réinventant malgré tout des moyens d'y échapper. Jusqu'à la prochaine fois où elle serait plus proche encore, où elle emporterait des voisins, des camarades de classe, des frères, un fils. Et les mères tremblaient d'angoisse en mettant au monde un garçon qui deviendrait un Inyenzi qu'il serait loisible d'humilier, de traquer, d'assassiner en toute impunité. Nous étions fatigués et parfois nous nous laissions aller au désir de mourir. Oui, nous étions prêts à accepter la mort, mais pas celle qui nous a été donnée. Nous étions des Inyenzi, il n'y avait qu'à nous écraser comme des cafards, d'un coup. Mais on a pris plaisir à notre agonie. On l'a prolongée par d'insoutenables supplices, pour le plaisir. On a pris plaisir à découper vivantes les victimes, à éventrer les femmes, à arracher le fœtus. Et ce plaisir, il m'est impossible de le pardonner, il est toujours devant moi comme un ricanement immonde.

Il a bien fallu, André et moi, nous résigner à faire l'appel de nos morts :

mon père Cosma, il avait 79 ans ;

ma mère Stefania, elle devait avoir 74 ans ;

ma sœur aînée Judith et ses quatre enfants, je ne sais plus au juste combien ils avaient de petits-enfants ;

mon frère Antoine et sa femme, ils avaient neuf enfants, le plus âgé avait vingt ans, le plus jeune cinq ans ;

Alexia et son mari Pierre Ntereye, et quatre de leurs enfants, ils avaient entre dix et deux ans ;

Jeanne, ma sœur cadette, ses quatre enfants, Douce, huit ans, Nella, sept ans, Christian, cinq ans, Nénette un an et le bébé dont elle était enceinte de huit mois.

Je comptais et je recomptais. Cela faisait trente-sept.

Je savais déjà qu'on ne retrouverait jamais leurs restes. Maintenant, j'en suis sûre. Ont-ils été recueillis par les enfants des écoles qui, durant leurs vacances, ramassaient et ramassent encore sur les collines et dans les champs les ossements pour les rassembler dans la crypte que l'on a creusée sous l'église de Nyamata ? Crânes et os à jamais sans nom dans les vitrines de l'ossuaire. À moins que leurs cadavres n'aient été dévorés et dispersés par les bandes de chiens devenus féroces qui parcouraient le Bugesera durant les mois qui suivirent le génocide. Sont-ils encore enfouis au fond d'un de ces charniers qu'on ne finit pas de découvrir ?

Où sont-ils ? Ils se sont perdus dans la foule anonyme des victimes du génocide. Un million de victimes qui ont perdu leur vie et leur nom. À quoi bon compter et recompter nos morts ; des mille collines du Rwanda, un million d'ombres répondent à mon appel.

*

Bien sûr, il y eut des survivants. Un génocide n'est jamais parfait. Dès le mois de mai, j'essayais de localiser les éventuels rescapés. J'assaillais la diaspora rwandaise, la Croix-Rouge, Médecins sans frontières et bien d'autres ONG de coups de téléphone angoissés. J'ai même écrit à Bernard Kouchner. Je ne réfléchissais plus. J'agissais comme un automate. J'ai préparé un long courrier à l'attention de Danielle Mitterrand. On m'a déconseillé de l'envoyer.

On parlait d'enfants non accompagnés. L'expression était à la mode. Il y avait peut-être quelques-uns de nos enfants parmi eux. De toute façon, même à Nyamata, il resterait peut-être quelques orphelins. C'étaient aussi mes enfants.

C'est pour eux qu'avec mes camarades de l'école sociale, des professeurs, de nombreux amis, j'ai créé une association. On essayait de réunir un peu d'argent pour venir en aide dès que le contact serait renoué.

Ce n'est qu'en novembre que j'ai appris que les deux filles d'Alexia et de Pierre Ntereye, Jeanne-Françoise, quatorze ans, et Rita, six ans, avaient été retrouvées. Du Sénégal, mon frère est allé les chercher. C'était lui l'aîné et désormais le chef de famille, il se devait de les prendre comme ses propres enfants. Je l'aidais de mon mieux à financer le voyage. Plus tard encore, j'ai reçu la nouvelle qu'Emmanuel, le mari de Jeanne, était aussi rescapé. Il avait retrouvé une de ses filles, Emmanuella, âgée de trois ans, que nous appelions tous Nana. Enfin il y eut Jocelyne, une des filles de Judith. On avait tué son mari et son enfant. On l'avait violée. Elle était enceinte d'un de ses assassins. Ils avaient oublié de la tuer à moins qu'ils ne lui aient choisi une mort plus lente : ils lui avaient transmis le sida.

De la mort des miens, je n'ai que trous noirs et fragments d'horreur. Qu'est-ce qui fait le plus souffrir ? Ignorer comment ils sont morts ou savoir comment on les a tués ? La terreur qui les a saisis, l'horreur qu'ils ont subie, c'est parfois comme si à mon tour je devais les ressentir, c'est parfois comme si je devais les fuir.

Ne me reste que le lancinant reproche d'être vivante au milieu de tous mes morts. Mais que vaut ma souffrance comparée à ce qu'ils ont souffert avant d'obtenir de leurs bourreaux cette mort qui était leur seule délivrance ?

En février 1995, lorsque je suis allée au Sénégal, à Thiès, chez mon frère André, qui venait de ramener nos nièces, ce n'était certes pas pour recueillir leur témoignage, c'était pour être auprès d'elles, les serrer contre moi si cela avait pour elles encore un sens, pleurer avec elles si elles le pouvaient. Un rescapé, je ne sais si c'est de la Shoah ou du génocide des Tutsi, a dit que les survivants du génocide étaient des sous-vivants. C'était bien ça. Jeanne-Françoise et sa petite sœur étaient des sous-vivantes. Elles survivaient sans vivre, en dehors d'elles, sans prêter attention au fait qu'elles existaient encore, sans famille au milieu des leurs, des cousins et cousines de leur âge, dans un présent figé, dans un passé indicible qui ne revenait que dans leurs cauchemars, dans un futur sans avenir. Combien de temps cela a-t-il duré ? Il a fallu le courage de mon frère, la patience infinie de Clotilde, son épouse, la gentillesse joyeuse et délicate de leurs cousins et cousines pour que Jeanne-Françoise et Rita retrouvent un peu le goût de la vie dont elles avaient été chassées. Maintenant, au Rwanda, ce sont de belles et vivantes jeunes filles. J'en suis fière. Et ce serait une victoire sans amertume si leurs parents et leurs frères pouvaient partager leurs rires. Mais souvent, je suis prise de doutes : cette volonté de survivre ne serait-elle que rémission ? Ni André, ni moi, ni personne d'autre ne peut prétendre que, de leurs blessures, ne restent que des cicatrices. Peut-on espérer pour elles un destin plus clément ?

*

Le martyre de mon beau-frère Pierre Ntereye, de ma sœur Alexia et de leurs fils, j'ai bien fini par l'apprendre. Pierre était un universitaire. Il avait été promu, sans doute bien malgré lui, parmi les quelques Tutsi que le gouvernement comblait de faveurs pour montrer aux Européens naïfs ou complices que le Rwanda du peuple majoritaire ignorait les discriminations ethniques. Sans doute répondait-il aux critères pour le rôle qu'on lui faisait jouer : il avait le physique qu'on attribue aux Tutsi, il appartenait à un clan qui, au temps de la royauté ancienne, occupait toujours de hautes fonctions. On lui avait permis de poursuivre de longues études en Belgique et aux États-Unis. Jeanne-Françoise, sa fille aînée, est née à Mons. Bien sûr, la carrière politique à laquelle se destinaient ses condisciples hutu lui était interdite mais il serait quand même professeur à l'université, à Butare, puis à Ruhengeri. Pierre n'était pas dupe, il savait bien qu'il servait d'alibi au régime, mais avait-il d'autres choix ? On allait lui faire payer cher les faveurs ambiguës qui lui avaient été dispensées.

Se sentant menacé, Pierre s'était replié avec sa famille à Taba, dans la province de Gitarama, d'où il était originaire et où il se croyait plus en sûreté. Jean-Paul Akayezu, jugé et condamné par le Tribunal pénal international d'Arusha, était le bourgmestre de la commune. C'était un ami de la famille Ntereye. Il avait promis à Pierre sa protection. L'amitié et les promesses furent vite balayées par la fureur du génocide.

Au moment de son arrestation, Pierre s'est grièvement blessé en tentant de s'enfuir. Au lieu de le laisser mourir, ses bourreaux l'ont fait soigner pour mieux le supplicier à loisir. Pendant plusieurs jours, à la commune, on l'a découpé membre à membre, à la machette.

Jeanne-Françoise a vu son père découpé membre à membre. Elle n'en fait pas un récit émouvant. Je n'ai recueilli que quelques phrases comme arrachées à vif à une souffrance inguérissable. Je ne les ai pas sollicitées. Elle s'approche de moi : « Tantine, j'ai quelque chose à te dire. » Sur un ton détaché, elle commence à raconter. Mais le récit s'interrompt soudain. Elle a mal à la tête. Tout se brouille. Elle est prise de vertige. Qu'on la laisse en paix. Elle se renferme dans la douleur qui ne peut être apaisée.

Au Rwanda, ce sont les familles qui apportent la nourriture aux prisonniers. C'est ce qu'a fait Jeanne-Françoise. C'était sans doute pur sadisme de la part des geôliers. Chaque jour donc, Jeanne-Françoise devait apporter le repas à son père. Chaque jour aussi, elle le voyait amputé d'un nouveau membre. Elle le trouvait avec des doigts en moins, une main, un bras, une jambe en moins. Elle devait approcher les lambeaux sanglants de celui qui avait été le père dont elle était si fière, ce père qu'elle décrit si beau, si fort, si intelligent. C'est l'image de ce père qu'on a détruite et que vient recouvrir celle, insoutenable, du lambeau de chair ensanglanté qu'on lui présentait comme étant son père.

Ses quatre petits frères aussi ont été tués à la commune. Alexia a été exécutée peu avant l'arrivée de l'Armée patriotique rwandaise. Tous les témoins regrettent que la libération soit arrivée pour elle juste un peu trop tard. Ils assurent aussi que les assassins ont demandé à Alexia de choisir sa fosse. Il en restait trois : peut-être pour elle et ses filles. C'est ainsi que les tueurs procédaient pour les victimes de marque.

Après la mort de leur mère et de leurs quatre frères, Jeanne-Françoise et Rita avaient trouvé asile chez une tante mariée à un Hutu. Asile bien précaire car certains des cousins s'opposaient à leur présence tandis que d'autres voulaient les protéger. Finalement, l'un des cousins les emmena sur son vélo avec la complicité de la tante jusqu'à une cachette sûre, loin de Taba. J'ai longtemps cherché à en savoir plus sur cette cachette mais, quand Jeanne-Françoise en vient à évoquer cette période, elle s'interrompt, elle se dit prise de maux de tête et se renferme dans un mutisme complet. Plus tard, les deux sœurs retournèrent à Taba chez leur tante et elles qui venaient de la ville, qui avaient été choyées par leurs parents, connurent pendant quelques mois la dure condition des paysannes. C'est là que mon frère André vint les chercher et les prit avec lui au Sénégal en attendant le retour définitif de la famille, augmentée des deux orphelines, au Rwanda.

*

C'est maintenant que je dois parler de Jeanne. Il y a longtemps que je redoute ce moment. Nous étions cinq filles et deux garçons, Jeanne, c'était la cadette, peut-être celle dont j'étais la plus proche. J'avais été, comme on dit, sa « petite mère ». Je la portais au dos. Elle me suivait partout. Nous nous efforcions de nous ressembler. On disait qu'elle était comme mon double. Toute la famille l'avait accueillie comme un cadeau tombé du ciel : un petit bébé très noir et très souriant. Ce sourire de Jeanne, je veux le conserver dans ma mémoire comme le plus précieux des trésors.

Emmanuel, son mari, m'a fait le récit de sa mort. Il m'a dit qu'il me le devait. C'était la première fois qu'il en parlait à quelqu'un. J'ai enregistré. Ce qu'il voulait me dire, il est probable qu'il ne le répéterait plus jamais. Cela ne s'est pas passé sans souffrance des deux côtés. J'ai pensé l'interrompre pour mettre un terme à tant de douleurs que ce récit réveillait. Il a voulu aller jusqu'au bout. Mais il ne m'a pas tout dit. Il n'a pas pu me dire ou il a voulu m'épargner l'insoutenable horreur. Mais cela, je le savais : j'avais reçu de ma nièce Jocelyne une étrange lettre, à l'écriture à peine lisible, assez lisible pourtant pour me faire connaître ce que je n'aurais jamais dû connaître.

Je voudrais écrire cette page avec mes larmes.

La famille d'Emmanuel, originaire de Ruhengeri, faisait partie des déportés de Gitagata. Emmanuel y était instituteur. Mais, après les massacres de 1992, le jeune couple et ses enfants s'étaient repliés sur la bourgade de Nyamata. L'avion d'Habyarimana est abattu le 6 avril vers 20 h 30. Le 7, le couvre-feu est décrété à Nyamata comme sur tout le Rwanda, mais, de leur maison où ils restent enfermés toute la journée, Emmanuel et Jeanne constatent une grande agitation entretenue par le sous-préfet Hassan Djuma et le bourgmestre Bernard Gatanazi. Le vendredi 8 arrivent à Nyamata les premiers fugitifs venant des secteurs voisins de Kibungo et de Kanzenze où le génocide a débuté dès le 7. À 19 h 30, une grenade est lancée sur la maison. Les vitres volent en éclats mais personne n'est blessé. Toute la famille se réfugie chez un voisin. Les habitants du quartier organisent des patrouilles dans la nuit pour donner l'alerte en cas de danger mais, rapidement, des militaires interviennent et ordonnent à chacun de rentrer chez soi. Pendant la dispersion, deux hommes sont abattus, leurs cadavres restent sur place. Vers 1 h 30 du matin, une seconde grenade est lancée sur la maison abandonnée par Emmanuel et Jeanne. Elle endommage légèrement le toit.

Le 9, la population est convoquée pour une réunion dite de pacification. Au loin, en direction de Kigali, on entend des tirs d'artillerie. Le sous-préfet en profite pour exciter la population hutu : « Vous entendez ? Ils veulent tous nous tuer. »

La situation devenant de plus en plus critique, Emmanuel et son voisin décident d'emmener leurs familles sur la colline de Kayumba, une hauteur qui domine Nyamata. C'est là que beaucoup de Tutsi se sont réfugiés et essaient d'organiser la résistance. Emmanuel regagne Nyamata, où il se cache. Le dimanche, il remonte à Kayumba et, dit-il, « c'est la dernière fois que je vois Jeanne et mes enfants ».

Le lundi 11, les militaires et une meute de tueurs volontaires donnent l'assaut à Kayumba. Les familles des Tutsi qui s'y étaient regroupées fuient et les rescapés cherchent refuge dans l'église de Nyamata. Ils y seront massacrés le 14. Ils étaient cinq à six mille. La veille, des militaires de la force de l'ONU, la MINUAR, étaient venus évacuer les religieuses et les missionnaires blancs.

Jeanne, qui est enceinte de huit mois, n'a pu suivre la fuite de la foule en panique. Elle a confié ses trois aînés aux voisins qui refluaient avec les autres vers Nyamata. Elle a reçu un coup de machette. Elle se cache dans un buisson. Elle est restée avec Nana, la plus petite. Combien de temps reste-t-elle cachée ? Il n'y a personne pour me le dire. Ne pouvant rester sans nouvelles de ses enfants, elle décide de redescendre vers Nyamata. On va la tuer devant la commune. Comment ? Par qui ? La lettre de Jocelyne a les précisions et incohérences d'un cauchemar. Jeanne blessée est abattue sur le sol. On l'éventre. On arrache le fœtus. On la frappe avec le fœtus. Nana est à ses côtés. Les tueurs s'en vont. Ils ont laissé Nana auprès de sa mère. Alors quelqu'un, je ne saurai jamais qui est ce quelqu'un, demande à Jeanne qui se meurt, baignant dans son sang, ce qu'il peut faire pour elle. « Pour moi, tu ne peux rien faire, mais si tu peux faire quelque chose, prends Nana avec toi. »

Je n'ai pas besoin de déplier la feuille de cahier qui est devant moi. Les phrases de Jocelyne défilent dans ma tête. Les mots sont sans émotion, glacés par la mort. Ils viennent du pays des morts.

Emmanuel est parmi les derniers survivants qui se cachent dans les marais. Pendant quarante jours, il faut échapper à la traque quotidienne des tueurs. Le 14 mai, l'Armée patriotique rwandaise libère Nyamata. Sur les soixante mille Tutsi recensés en janvier 1994 en commune de Nyamata, on ne compte que cinq mille survivants, très exactement 5 348. Le FPR installe une administration provisoire. C'est une femme, une Hutu, dont le mari, Tutsi, a été tué, qui fait office de bourgmestre. Les rescapés s'essaient difficilement à un semblant de vie.

Vers la fin du mois de mai, il ne sait plus exactement la date, Emmanuel était allé à Kibari, non loin de la source de Rwakibirizi, aider le fils de Berkimasse, le tailleur de Gitagata, à retirer le corps de son père de la fosse des latrines où les tueurs l'avaient jeté : « Là, raconte-t-il, quelqu'un est venu me dire qu'il y avait un homme qui venait de Musenyi qui racontait beaucoup de choses et, parmi les choses qu'il racontait, il disait qu'il avait trouvé sur la route une petite fille du nom de Nana. On est allé me montrer cet homme et celui-ci me confirma que la petite fille en question répétait que sa mère s'appelait Jeanne et son père Emmanuel, mais que des soldats du FPR l'avaient prise et l'avaient emmenée il ne savait pas où. Les soldats du FPR regroupaient les enfants qui erraient dans un camp qu'ils avaient établi à Nyamata dans un ancien orphelinat. Ils cherchaient des instituteurs parmi les rescapés pour s'occuper des enfants en attendant que les écoles puissent rouvrir. Je suis allé au camp. Nana était bien là. Un capitaine de l'Armée patriotique l'avait recueillie et l'avait prise en affection. Mais, comme l'offensive de libération continuait à avancer, il avait dû la laisser à l'orphelinat improvisé. J'étais dans un tel état d'épuisement physique et mental et Nana était si petite et si fragile que j'ai préféré d'abord la confier à une amie rescapée, Marie-Louise, qui, elle aussi, avait perdu toute sa famille. Nana retrouvait un peu de la chaleur maternelle et Marie-Louise un enfant qui donnait sens à sa survie. J'ai repris Nana avec moi pour sa rentrée à l'école. Nana a réappris à sourire et son sourire me remplit de joie et de tristesse : n'est-ce pas le sourire de Jeanne et celui de tous nos enfants disparus ? »

XIV

2004 : sur la piste du pays des morts

La vieille camionnette du collège où nous nous entassons, Emmanuel, mes enfants, mon mari et moi, roule lentement en évitant les ornières de la grande rue de Nyamata. Sous les auvents de tôle des quelques boutiques sont empilés les sacs de riz, de haricots, les caisses de bière, de Fanta… Le marché se tient au bord de la rue, sur un vaste terrain rectangulaire. Plus loin, des minibus attendent de faire le plein de voyageurs pour Kigali ; d'autres font la queue devant l'unique pompe à essence qu'actionne un solide vieillard. En vain, je cherche à reconnaître un visage parmi les passants comme si j'espérais voir surgir devant moi ceux qui ne sont plus. Mon regard s'attache avec soulagement, comme un naufragé à une épave, aux vieilles maisons coloniales où habitaient Bitega, l'infirmier, et Gatashya, le vétérinaire. C'est avec reconnaissance que je constate que le petit bois de Gatigisimu où nous faisions nos derniers besoins avant d'entrer en classe est toujours là.

Peu à peu, nous quittons la bourgade. Il y a encore quelques maisons entourées de haies d'euphorbes bien taillées puis la route poussiéreuse s'élance vers un vaste horizon de plaine : ce n'est pas le pays des mille collines, c'est le Bugesera !

Notre véhicule croise de petits groupes de femmes qui portent sur la tête des paniers de haricots ou de patates douces. Il ralentit au passage de vélos zigzagants, chargés de régimes de bananes vertes. Je voudrais qu'il ralentisse encore. Je sais que, dans quelques kilomètres, nous allons atteindre, sur la droite, l'embranchement d'une petite piste. Il y a dix ans que je redoute ce moment, que je repousse cet instant. La camionnette va prendre, sur la droite, la petite piste où personne ne passe plus, celle qui mène à Gitwe, à Gitagata, à Cyohoha, celle qui mène à ceux qui ne sont plus.

J'ai mis bien du temps à me décider à retourner au Rwanda après le génocide. Oui, j'ai mis vraiment du temps. Longtemps, la force m'a manqué pour entreprendre le voyage. Les Rwandais réfugiés en France rentraient au pays. C'était leur devoir. Il fallait reconstruire le Rwanda. Les Rwandaises mariées comme moi à un Français se précipitaient pour serrer dans leurs bras un père, une mère, un frère, une sœur rescapés. Mais moi, qu'aurais-je été faire à Nyamata ? Il n'y avait plus ni père, ni mère, ni frère, ni sœur. André n'avait même pas retrouvé la trace de leurs maisons. À Gitagata, il n'y avait plus que de grands maniocs redevenus sauvages, des bananiers moribonds étouffés par les fourrés d'épineux. Où me recueillir ? Avec qui partager ma douleur ? Je craignais de présenter à mes nièces non pas la force de l'espérance mais, seulement, la douleur qui m'habitait. Mes pleurs n'allaient-ils pas raviver leurs sanglots ? Et confondus avec leurs visages, n'était-ce pas ceux de mes parents, de mon frère, de mes sœurs que je voulais saisir ? Je devais attendre, retrouver l'énergie qui, jusque-là, ne m'avait jamais manqué. Alors je consacrais toutes mes forces à l'association que j'avais fondée. Aider les orphelins groupés en familles d'enfants. Soutenir la réouverture des écoles, équiper le collège qu'avait créé en 1986 l'association des parents de Nyamata pour que, malgré les discriminations, leurs enfants accèdent au secondaire. Je repoussais sans cesse mon départ. Je me justifiais en disant que le billet d'avion était trop cher, qu'il valait mieux que cet argent aille aux orphelins, puis je reprenais mes projets de voyage. Je fixais des dates. Je repoussais à l'an prochain. Dix ans se sont ainsi écoulés. En moi, le malaise grandissait et je savais bien qu'un jour il me faudrait revenir à Nyamata, qu'on m'y appelait : les vivants et les morts.

Depuis quelques jours, je suis dans un Rwanda que je croyais ne jamais connaître. Je suis chez moi, comme tous les autres Rwandais. Je ne marche plus en baissant la tête, je ne sursaute plus à la vue d'un uniforme. Il n'y a pas de barrage pour contrôler mon « ethnie ». Je ne serai pas humiliée par les miliciens du parti. Je ne suis plus l'Inyenzi. Mon nez n'est pas trop long. Mes cheveux ne sont pas éthiopiens : je suis rwandaise. J'ai hâte de découvrir le Rwanda qui m'était interdit. Je veux tout voir, Gikongoro où je suis née, au bord de la rivière Rukarara, le lac Kivu, Kibuye, Ruhengeri, Gisenyi, les volcans… Je voudrais que le minibus s'arrête à chaque détour de la route pour que, jusqu'à l'horizon, les collines et les crêtes des montagnes viennent emplir mon regard. Et je répète — et on se moque gentiment de moi : « *Rwanda nziza, Rwanda nziza* — Il est beau mon pays. »

Mais le Rwanda, c'est aussi le pays des larmes et les routes parcourues sont autant d'itinéraires de douleurs.

Voici les salles de classe de Murambi où des centaines de squelettes sont restés pétrifiés dans le geste d'effroi de leur dernier instant ou dans la posture du supplice qu'on leur infligeait. Le gardien qui a perdu là toute sa famille soulève l'énorme pilon avec lequel on écrasait le crâne des bébés ; il montre aussi le cercle de pierres qui entourait le mât au haut duquel les militaires français hissaient les couleurs. Le drapeau flottait sur les charniers hâtivement recouverts. Du plateau sur lequel est bâtie l'école, on découvre un vaste cercle de collines. Le soir tombe. Les fumées montent paisiblement des cases à demi dissimulées dans les bananeraies. Qui pourrait le croire dans la douceur de ce crépuscule ? Les assassins sont bien là.

Depuis Magi d'où ma famille a été chassée en 1960, nous suivons les crêtes qui dominent la Kanyaru. Les églises ont été rendues au culte mais les traces de balles et de grenades témoignent de ce qui s'y est passé. En fait, explique l'ami rescapé qui nous guide, dans cette région proche de la rivière, les Tutsi n'ont pas été tués dans les églises, ils y ont été traqués et forcés de s'y rassembler puis ils ont été poussés par des mitraillages et des chiens jusqu'à la Kanyaru pour y être noyés.

Notre ami nous conduit jusqu'à la maison de ses parents. Il a eu de la chance. Ses parents trop âgés n'ont pas été poussés jusqu'à la rivière, ils ont été tués dans la cour de leur maison. Il a pu retrouver leurs corps. Il les a enterrés à l'entrée de l'église du bourg de Kirarambogo où son père avait été instituteur pendant vingt-cinq ans. Ainsi ses anciens élèves qui sont aussi les tueurs passent devant sa tombe quand, en bons chrétiens, ils vont à la messe du dimanche.

À Mbazi, près de Butare, on s'arrête devant un grand rectangle de ciment. Aucune inscription. Aucun nom. Notre ami nous explique qu'en bas, dans le fond de la vallée, des Tutsi ont été massacrés à la mitrailleuse : soixante-cinq mille. Autour de la dalle, des bouquets desséchés ont été dispersés. On demande aux enfants attirés par le véhicule ce qui s'est passé, pourquoi les fleurs ne sont plus sur la tombe. « C'est une folle, répondent-ils après un moment d'hésitation, c'est une folle qui a fait ça. » Comme nous tardons à partir, ils replacent les bouquets sur la dalle.

Rares sont les rescapés qui ont pu retrouver les restes de leurs proches et les ensevelir dans une tombe. D'ailleurs, ce privilège, si envié soit-il, n'aide pas forcément à accomplir le processus de deuil dont parlent les psychologues. Une amie me raconte comment elle a retrouvé les dépouilles de ses parents : « Bien longtemps après le génocide, je suis retournée dans l'enclos de mes parents, à Gahanga. Un jeune homme que mes parents avaient adopté et qui avait échappé, je ne sais comment, au massacre m'accompagnait. Il avait tout vu. Il m'a guidée sur les lieux de la tuerie. Moi, je ne pensais qu'à retrouver le corps de mes parents. On a interrogé un Hutu qui habitait là. Bien sûr, il ne savait rien, il n'avait rien vu, il n'avait rien fait, il n'était pas là... Je lui expliquai longuement que je ne l'accusais de rien, que je ne cherchais pas l'assassin de mes parents mais le corps de mes parents. Cela n'a pas suffi à faire tomber sa méfiance. Mais je ne me suis pas découragée : les jours suivants, je suis revenue à la charge. J'ai fini par lui proposer de l'argent. Il n'a pas résisté. Il a cédé, il est allé me désigner une fosse, à quelques kilomètres de là, où mes parents avaient été jetés.

« Il m'a fallu effectuer bien des démarches pour obtenir l'autorisation d'inhumer mes parents dans leur enclos. J'ai fini par l'obtenir. J'étais fière de ma victoire : je ramenais mes parents chez eux, désormais ils reposaient dans leur enclos. J'avais mes parents pour moi toute seule, je pouvais pleurer sur leur tombe, la fleurir. Je me répétais sans cesse : "Grâce à moi, ils sont chez eux." Et moi, j'avais retrouvé une raison de survivre : aller à Gahanga sur la tombe de mes parents.

« Mais cela n'a pas duré. À mesure que le temps passait, j'éprouvais de plus en plus d'angoisse à aller sur la tombe. Je prenais tous les prétextes pour repousser le pèlerinage que je m'étais fixé. J'avais peur de me retrouver seule devant la tombe. Je ne pouvais plus supporter d'être solitaire pour les pleurer. J'ai longtemps lutté contre ce sentiment qui me paralysait, mais, à la fin, j'ai eu peur d'abandonner mes parents, j'ai eu peur qu'ils soient abandonnés, seuls, dans leur enclos, à Gahanga. Alors je les ai fait exhumer et transporter à Rebero, à Kigali, au Mémorial, avec les autres. Et maintenant, je peux pleurer avec les mères sans enfants, les veuves, les veufs, les orphelins. C'est comme si je partageais la souffrance de tous, c'est comme si chacun soutenait ma douleur. J'ai peut-être trouvé ma place dans le long chemin de deuil que nous avons à parcourir. Je n'en suis pas encore tout à fait sûre… »

Mais beaucoup de rescapés n'ont d'autre choix que d'errer sur le rivage de la mort. À Murambi, ils sont moins d'une dizaine. Ils ont dû abandonner leurs enclos dans les collines et se sont regroupés dans le semblant de village autour du marché. Ils ne pouvaient plus vivre au milieu de leurs assassins, des regards qui leur faisaient clairement comprendre qu'ils ne devraient plus être là. Ils n'attendent rien des Gacaca, de la justice des sages des collines. À Murambi, disent-ils, les « sages » auront forcément du sang sur les mains. Ils espèrent au moins que ceux qui seront choisis n'auront pas de sang d'enfants sur les mains. « Moi, dit l'un d'eux, j'ai essayé de revivre. Je me suis remarié. J'ai eu un fils. Quand il a eu l'âge d'aller à l'école, on me l'a pris, on me l'a tué. C'est ce que nous disent les Hutu : il n'y a plus de place pour les Tutsi ici-bas. Alors je suis devenu gardien du Mémorial. C'est là seulement auprès des ossements que je suis chez moi. Du côté des morts, je suis en sûreté. Je suis à ma place auprès des squelettes. Le soir, quand le Mémorial ferme ses portes, j'ai peine à les quitter, à revenir vers les vivants ou ceux qui font semblant de vivre. Alors, les rescapés, on se serre les uns contre les autres, dans le silence. Tout autour de nous, sur les collines, nos assassins allument leur lampe, et nous, nous sommes seuls, au milieu de la nuit. Toi, même si tu es tutsi comme moi, tu vis à l'étranger, tu ne peux pas vraiment nous comprendre (et même ceux de Kigali ne comprennent pas tout), tu ne peux pas ressentir la peur qui nous envahit, qui nous glace les os. Il n'y a pas de nuits plus noires et plus longues que celles de Murambi. »

*

Nous voici à l'embranchement de la piste de Gitagata. Le paysage de saison sèche donne une impression de steppe rase, aride et poussiéreuse. Pourtant il y a eu là des habitations. À droite, juste à l'angle de la piste et de la route de Gako, c'était chez Rwabashi. C'était un privilégié, Rwabashi. On ne sait pourquoi, deux de ses fils avaient pu rester au « Rwanda ». Ils y avaient apparemment de belles situations car les parents n'avaient pas besoin de cultiver. Ils employaient des gens sur leurs champs. Rwabashi se tenait toute la journée devant sa maison, assis sur sa chaise, drapé dans son pagne blanc, avec sa haute coiffure argentée, tenant son bâton bien droit. Il saluait les passants. Isabelle, sa femme, attendait les visites. On l'admirait et on l'enviait. Elle semblait vivre au-delà de la misère et de la peur qui étaient le lot commun des déplacés. Les femmes venaient la voir comme pour s'imprégner de son insouciance. Cela redonnait du courage : il y avait au moins quelqu'un qui paraissait ignorer le malheur où nous étions plongés.

Souvent, au retour de l'école, Candida et moi, nous nous arrêtions un moment chez Rwabashi. Sa fille Tatiana nous donnait à boire et quelquefois à manger. Cela nous redonnait des forces pour attaquer la grande côte qui menait à Gitwe et c'était souvent notre seul repas de la journée.

En face, c'était la case de l'ex-sous-chef Ruvebana. Il n'y est pas resté longtemps. Après les événements de Noël 1963, il n'a pu regagner sa maison. On le recherchait pour le tuer. Il s'est caché dans la brousse, sur la colline de Rebero, derrière chez lui. Mon père lui apportait secrètement à manger. Puis il est parti au Burundi. On ne l'a jamais plus revu. Sa mère, Suzanne, s'est éteinte lentement de chagrin d'être séparée pour la première fois de son fils. Mon père aussi fut très affecté par cette séparation même s'il n'en laissait rien paraître. Son patron était aussi son ami et son confident et il n'était pas question de lui écrire, une correspondance avec un Inyenzi du Burundi étant considérée comme un crime.

*

Peu après l'embranchement, le chauffeur quitte la route et s'enfonce dans la brousse. On s'arrête au pied d'une colline. C'est Rebero. Sur ce versant, la pente n'est pas très raide. De la rocaille de pierres blanches et rousses, des roches qui se débitent en feuillets aux arêtes tranchantes. Au sommet, il y a un petit bois d'eucalyptus. De là-haut, on découvre tout le Bugesera. Derrière nous, la petite agglomération de Nyamata et la vallée de la Nyabarongo, cachée entre deux lignes de crêtes. Devant nous, la route toute droite qui file vers Gako et la frontière du Burundi. À droite, le lac où j'allais chercher de l'eau n'est plus qu'un marais de papyrus. Au-delà, on aperçoit les collines de Gakindo et de Rukindo et, derrière, le lac Cyohoha Sud qui brille au soleil. Les communes, aujourd'hui les districts, de Gashora et de Ngenda s'étalent à nos pieds comme une carte en relief. Je reconnais les toits de tuiles des boutiques du marché de Mayange à Gashora et ceux de Ruhuha à Ngenda. Non loin, ce sont les bâtiments coloniaux de l'Institut agronomique de Karama. Bien avant l'horizon, les collines que l'on devine dans la brume sont déjà au Burundi.

C'est sur la colline de Rebero que se sont regroupés la plupart des habitants de Gitwe, de Gitagata et de Cyohoha pour se défendre contre la horde des assassins. Cela s'est passé les 11, 12 et 13 avril. Philibert, un des fils de Froduald qui nous avait guidés, André et moi, jusqu'au Burundi, m'a raconté. Il avait alors dix ans. Les massacres ont commencé le 11 dans les villages et on s'est bien vite rendu compte qu'il ne s'agissait pas des habituels massacres de représailles mais bien d'une extermination complète qui n'épargnerait personne, ni les femmes, ni les enfants, ni les vieillards. Alors les habitants valides et vaillants se sont tous repliés sur la colline de Rebero. Les vieillards, les malades, ceux qui n'avaient plus la force de tenter de survivre sont restés à attendre les assassins. Ils n'ont pas eu longtemps à attendre… Pendant deux jours, ceux qui avaient réussi à atteindre Rebero ont résisté aux assaillants. Les hommes, après avoir édifié un semblant de refuge, au milieu des eucalyptus, pour les femmes et les enfants, ont combattu contre les machettes avec les pierres tranchantes de Rebero. Ne pouvant en venir à bout, les miliciens interahamwe et la foule des Hutu de Gashora et de Ngenda ont fait appel aux militaires de Gako. Ceux-ci ont arrosé la colline de grenades à fragmentation et la cohue des assassins ordinaires a achevé le travail à la machette. C'était le 13 avril. Froduald et sa famille ont été tués, mais Philibert et un de ses frères, ensevelis sous les cadavres, ont échappé à la tuerie. Philibert m'assure qu'Antoine était là avec toute sa famille. C'est là qu'on les a tués, tous les onze. Il y avait aussi toute la famille de Judith, ma sœur aînée, et la plupart de ses enfants. Mais mes parents n'y étaient pas. Philibert les connaissait bien. Nous étions voisins et, comme Froduald était le meilleur ami d'Antoine et qu'il avait risqué sa vie pour nous, il était considéré comme faisant partie de la famille. Mes parents étaient trop âgés pour se réfugier à Rebero, ils pouvaient difficilement se déplacer.

Et puis je pense qu'ils étaient las d'être persécutés et pourchassés depuis plus de trente ans : à quoi bon encore une fois tenter de survivre. J'imagine, mais je ne le saurai jamais, qu'ils ont attendu la mort dans leur maison.

On n'a pas érigé de mémorial à Rebero. Rien qui rappelle ceux qui sont tombés, que des roches et des pierres blanches et rousses. J'interroge, je fouille la colline. Le soleil est au zénith. C'est l'heure des mirages. J'écarte les cailloux, je gratte la terre. Il y a là un lambeau d'étoffe effrangée, incrusté dans le sol. Je voudrais me persuader d'y reconnaître un morceau de la chemise d'Antoine, j'hésite puis je finis par laisser là la fausse relique. Je ramasse une pierre au profil acéré. Pour mémoire.

*

Nous avons retrouvé la piste. La camionnette gravit la pente vers Gitwe. Il est difficile de reconnaître la piste entre les ravinements et les buissons qui l'ont envahie. Mais Paulin, le chauffeur, est un rescapé de Gitagata, il sait par où il faut passer.

Nous traversons à présent ce qui fut Gitwe, plus exactement ce que nous appelions le quartier des Abafundo, les familles originaires de Gikongoro. C'étaient des gens fiers. Leurs fils allaient prendre femme chez d'autres Abafundo qui avaient été déportés dans le camp de Rubago, au Gisaka. Il y avait dix maisons alignées de part et d'autre de la piste.

La première, sur la gauche, c'était celle de Birota, un instituteur. Lui n'était pas un Umufundo. Il était arrivé plus tard et avait occupé la maison laissée vide par une famille qui s'était réfugiée au Burundi. On le critiquait pour avoir marié sa fille, Uwamariya, lui, l'intellectuel, à des païens illettrés mais qui étaient les seuls à posséder encore des vaches. On disait qu'il avait échangé sa fille contre du lait.

Un peu plus haut habitait Gahutu. Son nom, le petit Hutu, faisait bien rire car il avait vraiment la taille et les manières dont on caricature les Tutsi. Et puis, s'appeler ainsi, plaisantait-on, ne l'avait même pas protégé. Karuyonga, sa femme, était grande et forte, d'humeur toujours agréable. On estimait qu'elle était faite pour avoir une nombreuse famille ; aussi on la plaignait de n'avoir mis au monde que quatre enfants : Rugema, Rubare, Maria et la grande sœur qui était restée au « Rwanda ». On lui souhaitait bien du courage car, pour tous, une vraie famille commençait à sept enfants. Rubare, lui, était admiré pour ses jambes arquées, signe évident de noblesse ! Je passais quelquefois les veillées chez Maria. Il y avait aussi sa tante, Mukarurangwa. Les deux jeunes filles avaient à peu près le même âge, moi j'étais encore toute petite. Comme le veut la coutume, on avait construit pour elles une paillote dans la cour. On chantait, on dansait autour d'une cruche de bière de sorgho. J'aimais bien dormir chez Maria.

Il y avait aussi la maison de ma marraine Angelina. Son mari, Nyagatare, était instituteur. C'était lui qui avait ouvert la première école de Gitwe. Ils n'avaient qu'une fille, Clotilde, qui a été tuée à Butare, mais la maison était pleine d'enfants. Angelina accueillait les enfants des familles les plus démunies et elle avait adopté des orphelins de sa propre famille massacrée à Gikongoro. Angelina me semblait être à la pointe du progrès et de l'élégance, même ce qu'on mangeait chez elle avait la saveur de la modernité : il y avait de la sauce !

En face de ma marraine, c'était chez Bihara, sa femme Steria et ses six enfants. L'une des filles, Bernadette, était avec moi au lycée Notre-Dame-de-Cîteaux. C'était une grande amie de ma sœur Alexia. Leurs maris à toutes les deux devinrent professeurs d'université et furent collègues et amis. À Nyamata, j'ai retrouvé deux frères survivants de cette famille. Vingt ans après, on s'est reconnus sans hésiter. Ils disent qu'ils ont de la chance. Eux, ils ne sont pas seuls : « Nous sommes deux à partager notre douleur, répète Rutayisire en tenant son frère dans ses bras, les yeux embués de larmes, nous n'avons plus que cela à partager. »

Mais comment distinguer sous le couvert des acacias et des broussailles les maisons de ceux qui vécurent là et dont on a voulu anéantir jusqu'à la mémoire : Musonera, Rugema, Musoni, Muganga, Costasia, Karamage et tous les visages de leurs enfants qui hantent ma seule mémoire.

À partir de chez Gashumba, nous étions chez les déplacés qui venaient de Butare. Il y avait à gauche six maisons jusqu'à l'école primaire : celles de Gashumba, Ruhaya, Kiguru, Ruhurura, Harukwandiye et Rugereka qui, lui, venait de Byumba. En face, il n'y avait plus personne. Tout le monde avait fui au Burundi en 1963.

Ruhaya, c'était un Hutu qui, par fidélité, avait suivi son chef. Il était particulièrement maltraité par les militaires, encore plus que nous. Quand les militaires faisaient aligner toute la population le long de la piste, Ruhaya protestait en disant qu'il était hutu et prétendait continuer à vaquer à ses occupations. Les militaires lui demandaient alors ce qu'il faisait parmi les Tutsi et se mettaient à le battre en riant.

Notre première maison avait été reprise par Ruhurura, un ancien chef tombé dans la plus grande misère. Sa première femme l'avait abandonné et était partie à Kigali. Il s'était mis en ménage avec une simple paysanne, comptant sur elle pour cultiver ; pourtant la parcelle restait à l'abandon et la maison était dans un état de délabrement inquiétant. On avait pitié de leurs enfants : des petits squelettes dévorés par les chiques.

Tout près de l'école habitait Kagango, le père de Régis qui avait été tué, en 1973, au séminaire de Kabgayi. Kagango était artiste et guérisseur. Il sculptait des cannes. On venait de loin pour lui en acheter. Il n'avait pas besoin de cultiver, d'autant qu'à ses talents de sculpteur il ajoutait un don plus mystérieux : il guérissait par le simple toucher de ses doigts les foulures et les entorses ; on regardait avec fascination ses mains dont la paume était d'une blancheur étrange et qui semblaient couvertes d'écailles comme la peau du lézard.

Bien sûr, il n'y a plus d'école à Gitwe, puisqu'il n'y a plus d'enfants et les grands arbres — les iminazi —, qui faisaient tomber généreusement leurs fruits sur nos ardoises, ont disparu.

Il n'y a plus de traces non plus des douze dernières maisons du village, deux rangées de six, face à face. J'interpelle un petit berger venu de je ne sais où. Il peut avoir huit ou neuf ans. Ses chèvres broutent les maigres buissons d'épineux et je lui dis : « Sais-tu qu'il y a eu des enfants là où tu fais brouter tes chèvres ? » Le gamin, affolé, s'enfuit avec son troupeau dans un petit nuage de poussière. Le soir, il dira à sa mère : « Maman, j'ai rencontré une folle sur la vieille piste. » Et sa mère se mettra en colère et lui dira : « Ne va plus jamais là-bas. C'est le pays des morts. » Et moi, j'égrène les noms de ceux qui n'ont personne pour les pleurer. Je crie leurs noms, vers qui ? pour qui ?

Théodore, l'instituteur.

Rutabana, dont j'aimais tant le riz.

Rukorera, celui qui avait des vaches. La famille était païenne, les enfants n'allaient pas à l'école. Mais il était envié : il avait des vaches et beaucoup de garçons. Contre un peu de lait, Rukorera trouvait facilement des volontaires pour travailler sur ses champs. Ses vaches avaient le droit de paître partout. En échange, il donnait de la bouse pour fumer les champs ou de l'urine de vache toute chaude pour soigner les vers intestinaux des enfants.

Buregeya qui se croyait beau et qui avait épousé Mariya qui, de l'avis de tous, était l'une des plus belles filles du village.

Tadeyo Nshimiyimana que l'on respectait beaucoup car il était instituteur à la grande école de Nyamata, en cinquième primaire.

Sa mère Yosefa dont tous les garçons avaient fait des études. L'un d'eux, Matayo, était revenu à Nyamata. Il parcourait la brousse pour étudier les oiseaux. Il notait leurs chants sur un cahier. Il ne parlait qu'à lui-même, toujours en français ou en latin. On riait beaucoup de lui, on l'appelait le savant fou mais on le craignait un peu.

Édouard Sebucocera, un grand ami de mon père ; c'est vers eux que se tournait la communauté originaire de Butare quand il y avait de graves décisions à prendre.

Et puis François Seburyumunyu, Kabarari et ses deux frères Mujinja et Karara, et Inyansi, le seul des adultes déportés en 1960 à avoir survécu.

Plus loin, c'était chez Sekimonyo, l'apiculteur. Il était sans cesse à la recherche d'arbres pour y déposer ses ruches. On disait que le bon Dieu l'avait fait pour ce métier, car il n'avait aucun mal à atteindre les plus hautes branches tant il était grand.

Tout au bout de la rangée, la maison de Maguge était située à l'orée de la forêt qui séparait Gitwe de Gitagata. Sa femme s'appelait Kiragi, ce qui veut dire la sourde, et elle était vraiment sourde et muette. Un mystère planait autour de la mort de sa première femme. Tout cela faisait de Maguge un personnage inquiétant, d'autant qu'il portait toujours un grand chapeau noir qui effrayait les enfants ; ils l'appelaient Kiroko, l'ogre.

Gihanga dont on disait qu'il avait eu de la chance car une de ses filles, Emma Mariya, avait épousé Bahima, un riche commerçant de Nyamata. Elle avait élevé une dizaine d'enfants qui, comme elle, ont tous été tués.

*

Entre Gitwe et Gitagata, il y avait une petite étendue de brousse qu'on ne distingue plus aujourd'hui des endroits qui furent habités. Mais dès que la piste commence à descendre vers la dépression marécageuse qui fut autrefois le lac Cyohoha Nord — car le lac, lui aussi, a disparu —, je sais que nous sommes chez Pétronille, que nous sommes à Gitagata. Je cherche le grand ficus qui marquait l'entrée de Gitagata : oui, il est bien là, mais tout desséché, c'est lui aussi un grand squelette de bois mort. La piste longe de hautes haies vert sombre, comme de grandes tentures de deuil, les euphorbes des anciennes clôtures devenues folles. Derrière, c'est un fouillis d'épineux, comme si jamais un être humain ne s'était aventuré jusque-là. Et pourtant, des hommes, des femmes, des enfants ont vécu là, même si on leur a dénié le droit de vivre, même si on s'est acharné à effacer la moindre trace de leur existence. Et quand je ferme les yeux, c'est toujours la même nuit de saison sèche que je revis. Une nuit de pleine lune. Les femmes s'affairent autour des trois pierres du foyer. Les hommes, assis en tailleur de part et d'autre de la piste, discutent gravement tandis que circulent les calebasses de bière de sorgho ou de banane. Les garçons jouent sur la piste avec leur ballon en feuilles de bananier et d'autres, grisés par la vitesse, se laissent entraîner par la vieille roue de bicyclette de leur cerceau. Les filles ont balayé la cour et la piste et maintenant elles chantent et elles dansent. Les femmes à présent interrogent la lune dont, croient-elles, la face éclairée dévoile l'avenir. Dans mes souvenirs, il y a toujours cette grosse lune qui s'est arrêtée au-dessus du village pour déverser sa lumière bleuâtre.

Ils sont tous là dans la nuit claire de ma mémoire.

Sindabye dont une des filles, Valérie, avait été à l'école d'assistantes sociales de Butare, dans la section auxiliaire.

Rwahinyuza : un de ses fils, Claudiyani, était devenu commerçant à Nyamata. Il était le seul à posséder un véhicule. Il rendait beaucoup de services à tout le monde. On faisait appel à lui pour transporter les malades.

Felicita, la veuve de Tito qui avait dû se mettre à cultiver toute seule pour élever les deux enfants qui lui restaient. Mais tous les habitants de Gitwe et de Gitagata lui venaient en aide. C'était la veuve du village.

Donati, le frère de Mariya. Il travaillait à l'Institut agronomique de Karama et il ne venait à Gitagata que pour animer les mariages, car c'était le meilleur danseur. On le trouvait aussi beau que sa sœur, et lui-même en était bien persuadé.

Et puis, il y avait deux jeunes filles qui vivaient seules avec leur mère impotente, Bwanakeye et Runura, la boiteuse. Elles ne pouvaient se défendre des jeunes du parti qui en avaient fait leurs jouets.

Et tant d'autres qui se pressent dans mes souvenirs : Suzanne, la vieille Nyiragasheshe, Athanase, Gashugi, Theresa, Godeliva, la veuve de Nteri, Nyirarwenga, Siridiyo…

*

Dans la brousse roussie par la saison sèche, ce qui fut l'enclos d'Antoine est facile à reconnaître. Lui seul possède de grands arbres aux feuillages toujours verts, bizarrement exotiques parmi la végétation épineuse. Ils les avaient plantés avec les graines qu'il ramenait de l'Institut agronomique de Karama. Il les aimait. Il en prenait grand soin. Je m'agenouille à leurs pieds. Je pleure au pied des grands arbres.

Quand je pense à Antoine, ce n'est pas seulement de la souffrance que je ressens, c'est la colère qui monte en moi. Antoine, le sacrifié.

Celui qui s'est sacrifié pour nous. Il a tenu le rôle de l'aîné, du gardien de la famille. Judith était partie depuis longtemps. Je ne l'ai jamais vue à la maison. Quand on nous a débarqués à Nyamata, il était seul. André a vite repris la scolarité, il est parti à Zaza. Mon père était accaparé par les problèmes du camp des réfugiés : on lui faisait confiance pour négocier avec les autorités, pour régler les conflits ; il ne pouvait toujours être aux côtés de la famille. Il n'y avait qu'Antoine pour épauler ma mère au quotidien. Moi, j'avais quatre ans, Julienne, quelques mois. Ma mère était enceinte de Jeanne.

À Gitwe, c'est lui qui a défriché la brousse pour permettre à ma mère de cultiver. C'est lui qui, comme je l'ai dit, allait chercher de l'eau, si rare au Bugesera, c'est lui qui, lorsque nous étions malades, nous portait dans son dos jusqu'au dispensaire. A-t-il un jour pensé à lui ? A-t-il envisagé un jour de vivre un peu de sa propre vie ? Il a fallu que ma mère aille lui chercher femme, Jeanne, à Cyugaro, et il s'est installé au plus près de chez mes parents pour veiller sur nous. Chaque jour, il passait s'assurer que tout allait bien. Antoine était bien seul. Mon père, pour nous procurer un peu d'argent, avait trouvé du travail chez Rutanga l'infirmier, un ami de Ruvebana, à Ngenda. Ngenda, c'était loin et mon père ne revenait à la maison que le dimanche. Aussi, durant toute la semaine, le responsable de la famille, c'était Antoine.

Quand mon père cessa de travailler à l'extérieur, ce fut Antoine qui prit le relais. Il fut embauché comme jardinier à l'Institut agronomique de Karama. À ce moment, André et Alexia étaient à l'école secondaire. C'est lui qui paya en grande partie nos études.

Ma mère s'appuyait sur Antoine. Il devait tout faire. Il avait un don pour tout ce qui est manuel. Il avait appris tout seul le métier de menuisier et de charpentier : on lui commandait des lits, il assemblait les poteaux et les poutres des maisons. Mais ce dont ma mère était la plus fière, c'était de la famille d'Antoine : neuf enfants dont six garçons. Elle qui avait donné le jour à cinq filles pour seulement deux garçons, elle croyait que, grâce à Antoine, l'avenir du lignage était assuré. Il n'était pas pensable que les six garçons disparaissent. Il en resterait bien quelques-uns.

Ma mère se trompait. Antoine, Jeanne, sa femme, et ses neuf enfants, tous ont été tués. Et d'eux, il ne reste rien, pas un nom gravé sur une croix, sur une tombe. Et je marche seule dans le fourré inextricable de ce qui fut leur maison. Et la colère monte en moi. Pourquoi cette vie gâchée pour nous ? Cette vie sacrifiée en vain ? Antoine, Jeanne, les neuf enfants, plus rien.

Je pleure à l'ombre des grands arbres.

*

La camionnette reprend sa route et les fourrés défilent, un peu plus denses à mesure que l'on descend vers le marais de l'ancien lac. Des ombres, me semble-t-il, flottent dans la brume lumineuse de la saison sèche et je crains de distinguer les visages qu'appelle ma mémoire.

Celui d'Apollinaire Rukema, le diacre qui faisait le catéchisme après la classe. Il ne sortait jamais sans sa bible sous le bras. Lui et sa femme Consessa m'avaient demandé d'être la marraine de leur fille Jacqueline. C'était en 1973. La cérémonie était prévue pour juillet. Je ne sais qui m'a remplacée.

En face habitait son frère Haguma, un homme considéré car il était cuisinier chez un Blanc à Karama. Quand il s'était marié avec Dafroza, la marraine de ma sœur Alexia, j'avais participé aux veillées que les jeunes filles tiennent selon la tradition autour de la future mariée. Naturellement, ces veillées sont interdites aux garçons, ce qui va de soi, mais aussi aux petites filles. Je n'avais que neuf ans mais Mukantwari, ma cousine, avait réussi à m'y introduire. Les veillées se passent chez les parents de la fille. Dès qu'elles ont rangé la dernière marmite, les jeunes filles se hâtent vers la maison de la fiancée. Les parents doivent laisser le champ libre mais ils ont pris soin de disposer quelques cruches de bière pour animer la soirée. Les jeunes filles s'amusent comme des folles : on chante, on danse, on raconte des histoires, mais la future mariée, elle, doit rester sur son lit : elle pleure, elle se lamente et, plus la soirée s'avance, plus lamentables deviennent les gémissements et les sanglots, si bien qu'à la fin le père surgit et, brandissant un gros bâton, fait mine de chasser la troupe des jeunes filles qui s'enfuient en riant.

La comédie va durer deux semaines et chaque soir chacun joue son rôle avec conviction.

Il y avait aussi Gakwaya. Sa femme s'appelait comme moi Skolastika. Il avait été chef à Ruhengeri. Il estimait contraire à sa dignité de cultiver et endurait noblement la faim dans le drapé impeccable de son pagne blanc. On l'entendait venir de loin au grincement de ses vieilles chaussures ; leurs semelles tout usées le rendaient bancal. Mais il refusait de porter les sandales que tous les autres réfugiés taillaient dans des pneus. Les lambeaux de cuir de ses souliers étaient tout ce qui lui restait de sa splendeur passée.

Kabugu, lui aussi, était d'un très haut lignage, un Umuhindiro, proche des rois, mais il s'était mieux débrouillé. Il avait marié une de ses filles à un Blanc, ce qui lui avait valu une belle maison et surtout un vélo qui paraissait minuscule quand Kabugu, qui était très grand, l'enfourchait.

Puis venait Bernard qui, comme Haguma, était cuisinier à Karama. Il avait pris les manières de ses patrons car, à l'étonnement général, il buvait du thé chaque matin, ce qui, malgré sa petite taille, lui valut d'être classé parmi les grands hommes de Gitagata. Il avait eu bien du malheur : ses trois filles aînées étaient mortes, la même année, d'une maladie mystérieuse. Son épouse, Joséphine, resta longtemps sans avoir d'autres enfants. On n'osait plus trop les fréquenter. Plus tard, elle mit à nouveau au monde de nombreux enfants. Tout le monde constata avec soulagement qu'ils étaient bien portants. Joséphine eut à nouveau des visites.

Quelque part par là, aussi, devait se trouver la maison de Berkimasse, le seul tailleur de Gitwe et de Gitagata. On l'admirait. Nous autres, les fillettes, on rôdait autour de sa machine à coudre. Parfois il nous donnait, mais c'était rare, quelques chutes de tissu pour habiller nos poupées de feuilles de maïs ou de bananier. Lui commander un vêtement, c'était un luxe presque inaccessible. Il n'acceptait en effet ni haricots ni bananes en paiement. Il ne voulait que de l'argent. Il faut quand même reconnaître qu'il faisait facilement crédit, surtout pour les uniformes des écoliers : robe bleue pour les filles, une chemise et un short kaki pour les garçons.

Chez Sisiliya, la belle-sœur du tailleur, il y avait quelque chose que convoitaient tous les enfants.

Devant la maison, elle avait planté deux pieds de canne à sucre. C'était rare à l'époque. Nous rêvions tous de mâchonner les tiges sucrées. Nous étions prêts à lui rendre tous les services pour qu'elle nous donne un petit bout de canne. En allant à l'école, nous restions parfois longtemps à contempler les cannes à sucre comme les petits Européens devant la vitrine d'un confiseur. Sisiliya vivait seule avec ses trois enfants. Son mari était parti au Burundi.

Puis il y avait Patrice. Sa fille Patricia vendait des tomates et de l'huile de palme au marché. Elle gardait un peu d'argent pour s'acheter des fripes. Toutes les filles en étaient jalouses.

À présent, je crois que nous sommes devant chez Diyonisi. Sa femme Raheri avait des seins qui lui tombaient presque jusqu'aux cuisses : on les appelait les « imivungavunga », du nom d'une longue gousse spongieuse, le fruit d'un arbre dont j'ignore le nom. Sa fille Jacqueline était une camarade de classe, une vraie copine. La pauvre s'acharnait à apprendre ses leçons mais elle n'a pas été reçue à l'examen national. Elle est restée au village. Elle fait partie des rares survivants de Gitagata.

Et puis Nastasiya, Gakwaya et Suzanne. Sa fille, Colomba, parlait haut comme un homme. Il est vrai que, depuis que son père était parti au Burundi, c'était elle le chef de famille…

Et il faut bien que je parle de Sematama, la honte du village. Un Tutsi de haut lignage. Il avait abandonné sa première femme, la belle Stéphanie, et vivait avec une Hutu, Kankera, dont il avait eu beaucoup de garçons. C'étaient des petits vauriens qui n'allaient pas à l'école et dont le langage grossier choquait tout le monde. Et puis il y eut l'affaire du vol des vaches. Sematama s'acoquina avec des Batwa pour voler les vaches de son voisin Kabugu ! Ils errèrent toute la nuit pour trouver dans la brousse un endroit où cacher les vaches dérobées. Au petit matin, les lève-tôt croisèrent Sematama et sa bande de Batwa poussant devant eux les vaches de Kabugu. Sematama se traînait lamentablement, les jambes tout enflées. On alla avertir Kabugu qui, avec l'aide de tout le village, se saisit de Sematama et de ses complices. On ligota les voleurs contre un arbre dans la cour de Kabugu. C'était un beau spectacle que personne ne voulut manquer : le noble Sematama ligoté avec les Batwa ! Les enfants dansaient autour de l'arbre du supplice et tout le village en fit le tour en crachant aux pieds des condamnés. Puis on décida de la peine à infliger. Sematama, en guise de réparation, proposa d'inviter tout Gitagata à venir boire chez lui de la bière, autant qu'à un mariage. Tout le monde accepta de partager la bière de réconciliation et Sematama recouvra, en partie au moins, sa respectabilité.

Et qui se souviendra de Joséphine Kabanene, la fille la plus élégante mais aussi la plus fière du village. Lorsqu'elle acceptait de danser lors d'un mariage, on accourait de loin pour voir comment elle faisait onduler ses beaux cheveux. On applaudissait lorsque, élevant ses jolis bras, elle évoquait les cornes parfaites des vaches inyambo. Joséphine se barricadait autant qu'elle le pouvait pour échapper aux jeunes du Parmehutu mais je crois surtout que sa mère, qui faisait commerce de Primus, achetait la tranquillité de sa fille avec quelques bouteilles de bière. Au Bugesera, la bière était plus rare que les belles filles. La belle Kabanene, quant à elle, repoussait toutes les demandes en mariage, estimant qu'aucune dot ne valait sa beauté. Elle finit pourtant par épouser un riche commerçant de Kigali qui sut y mettre le prix.

Mais je ne voudrais pas oublier Rutetereza, l'albinos que l'on considérait un peu comme l'idiot du village. Il vivait seul avec ses grands-parents qui ne quittaient plus leur lit. C'était le garçon le plus gentil et le plus serviable que j'aie jamais connu. Non seulement il prenait soin de sa grand-mère, mais il était toujours prêt à rendre service à toutes les vieilles de Gitagata. Il allait leur chercher de l'eau, du bois. Il ne se reposait jamais, il ne se plaignait jamais. Il avait toujours un grand sourire. Ma mère aimait bien Rutetereza, elle se considérait comme sa marraine…

*

Le véhicule s'est arrêté. À gauche de la piste, toujours ce fouillis de buissons, de fourrés : « Regarde, me dit Emmanuel, tu ne reconnais pas ? C'est chez Cosma, c'est chez Stefania, c'est chez toi ! » Je regarde l'enchevêtrement des taillis, j'ai peine à me convaincre : c'est chez moi ! « Regarde, insiste Emmanuel, les sisals de l'entrée ! » Oui, sur le bord de la piste, il y a bien quelques feuilles brunâtres, aux épines noires, un peu racornies par la sécheresse. Emmanuel désigne un arbre étouffé par les ronces et les lianes : « Voilà l'avocatier de Jeanne ! » Je me répète que je suis chez moi et je me rends compte que, pour me préserver, malgré ce que m'avait dit mon frère, malgré ce que j'en savais, j'ai conservé, comme un profond et secret espoir, l'illusion que la désolation qui s'était abattue sur Gitagata avait, chez moi, épargné quelque chose, qu'un signe, de par-delà la mort, m'attendait. Mais, bien sûr, il n'y avait rien ni personne. Et, tout à coup, je me mets à haïr violemment cette végétation folle qui a si bien achevé le « travail » des assassins, qui a fait de chez moi cette brousse hostile. Je ne veux pas écouter les explications d'Emmanuel, je ne veux pas répondre aux questions de mes fils. Je ne veux plus savoir où était la vieille maison, ni la nouvelle. Je suis seule sur une terre étrangère où personne ne m'attend plus.

Je ferme les yeux et sur la scène des souvenirs se remettent en place les choses disparues. Et voici qu'à nouveau m'accueillent, à l'entrée, les grands caféiers chargés de cerises rouges. À leurs pieds, le paillage d'herbes sèches est un tapis sur lequel j'aime marcher pieds nus. Le sentier est bordé de fleurs jaunes que Jeanne entretient avec amour. Tout près de la maison, les bananiers profitent du jus de cuisson des haricots : ce sont eux qui donnent les variétés les plus succulentes — les kamaramasenge, les ikingurube. Ma mère nous a réservé les plus beaux régimes, pour les vacances, à notre retour. Devant la porte, un grand manioc sert d'auvent. Ma mère m'attend sur le seuil. Elle a noué son plus beau pagne, celui qu'elle porte pour aller à la messe. Nous nous étreignons longuement ainsi que le veut la coutume, comme pour nous imprégner de la chaleur de nos corps. Elle me précède à l'intérieur et j'entends le clapotis familier de la bière de sorgho qui fermente dans les grandes cruches. Nous pénétrons dans la pièce obscure. Ma mère me tend un chalumeau. Je le plonge dans le liquide frémissant. Je suis chez moi.

Je me trace difficilement un passage parmi les ibihehaheha, ces arbustes dont les tiges creuses servaient de chalumeau. Ils ont tout envahi. Puis le fourré s'éclaircit, je traverse une étendue de terre rase : c'est notre ancien champ. La limite est toujours marquée par un umucyuro, dont les feuilles soignent les maladies de peau et qu'en débroussant on prenait bien soin d'épargner. Je m'aperçois qu'à présent je suis un sentier bien tracé et apparemment fréquenté. Voilà même un champ de patates douces et des papayers. Et soudain je me trouve à l'entrée d'un enclos que cachait jusque-là un creux du terrain : la maison principale, rectangulaire, en terre battue, quelques cases plus petites, plus frustes, peut-être des étables ou l'habitation des enfants, la cour soigneusement balayée. Une femme, plutôt avenante, s'avance vers mon mari qui ouvre la marche, mais, me découvrant soudain derrière, elle pousse un cri et s'enfuit. Je l'entends encore dans la bananeraie, sur le versant de la vallée de Gikombe, qui répète en gémissant : « *Yebabawe ! Yebabawe ! Karabaye !* — Ça devait arriver ! Ça devait arriver ! »

Je m'aperçois qu'une fillette est accroupie dans l'étroite frange d'ombre au pied du mur de la grande case. Je lui demande : « Qui est cette femme ? Pourquoi s'est-elle enfuie ? » Elle ne la connaît pas, c'est une voisine qui était venue en visite. Et puis sans que je ne lui aie rien demandé, elle enchaîne : « Tu sais, j'ai douze ans, pendant la guerre, j'étais trop petite, je n'ai rien vu. » Elle s'interrompt. Un homme est apparu dans l'encadrement de la porte, il s'avance vers nous. Je n'ai pas de peine à le reconnaître : c'est bien lui, le voisin que ma mère avait invité à « ma fête » en 1986. Je lui demande qui a habité à côté de chez lui. Il commence par soutenir qu'il n'y a jamais eu personne : « De l'autre côté de la route, oui, c'était habité, chez Munyaneza, mais, à côté de chez moi, il n'y a jamais eu personne. » Et Cosma ? Il n'a jamais entendu parler de Cosma. Puis il se reprend : oui, bien sûr, Cosma, mais quand ça s'est passé, il n'était pas là, il était au Congo.

— Écoute, lui dit Emmanuel, devant toi c'est la fille de Cosma, tu as quelque chose à lui dire ?

Il y a un long silence. Il hésite.

— Oui, c'est la fille de Cosma, maintenant que je la vois, je peux bien lui demander pardon…

Je suis tellement bouleversée par ces mots que je suis comme paralysée. Il y a un long silence puis je cherche en vain une parole qui l'encouragerait à continuer, à me dire ce que je voudrais tant savoir depuis si longtemps… mais déjà il est trop tard, il a repris son discours de négation, je n'obtiendrai plus rien.

— Écoutez, je n'ai tué personne, ils sont montés là-haut, à Rebero, je n'ai tué personne. Je me souviens qu'ils sont partis vers 4 heures de l'après-midi. Je n'ai tué personne. Avez-vous entendu dire que j'ai tué quelqu'un ? La famille est tombée à Rebero. Ils étaient âgés. Personne n'est tombé ici. Moi je ne connaissais pas ses enfants, sauf le jour où il a marié sa dernière fille…

Je ne l'écoute plus, que ce soit lui ou d'autres qui aient tué mes parents ou participé au meurtre, je ne le saurai jamais.

Mais je m'obstine. Je ne veux pas repartir sans un signe. C'est comme si j'avais à rendre compte que je suis encore là, vivante. Ai-je rempli la mission que, trente ans auparavant, m'avaient confiée mes parents ? Vivre au nom de tous. Moi qui n'avais eu d'autre choix que d'être une bonne élève catholique, je me mets à espérer que l'esprit des morts — l'umuzimu — va se manifester dans la broussaille et les vestiges de la bananeraie, et me donner sa réponse.

Dans l'épaisseur du buisson où je me suis enfoncée, il me semble reconnaître le lieu des veillées, le foyer avec ses trois pierres au milieu de la grande coupelle d'argile — l'urubumbiro — qu'avait modelée ma mère. Mon père est là qui lit sa bible à la lumière de la lampe tempête. Près du foyer, nous sommes toutes les trois, Jeanne, Julienne et moi, serrées autour de maman à écouter ses contes. Et, en effet, sous les branchages entremêlés, il y a un tas de pierres et de gravats. Comme poussée par une force inconnue, j'en écarte quelques cailloux et, d'entre les pierres, surgit un serpent noir qui se faufile et disparaît dans les hautes herbes. Et moi qui ai une horreur panique des serpents, je m'étonne de ne pas crier, de ne pas m'enfuir à toutes jambes. Il me semble que, fascinée, je ne peux détacher mon regard des replis du serpent qui se fraie silencieusement un chemin entre les branchages desséchés.

Tandis que je me dirige vers le véhicule, ma pensée revient sans cesse sur le serpent. Étrangement, c'est comme si son image me rassurait et m'apportait une sensation d'apaisement. Ce n'est pas le serpent mortel, lové dans la bananeraie. Ce n'est pas celui dont les Hutu nous crachaient le nom en injure. Ce n'est pas non plus le serpent de la Bible de mon père, celui qu'on nous montrait à l'église, le serpent qui s'enroulait à la branche de l'arbre du paradis. Ce serpent, c'est celui que connaissait ma mère, elle qui savait tant de choses que la parole d'oppression des missionnaires ne lui permettait pas de transmettre mais qui, parfois, au détour d'une phrase ou d'un geste — et c'est à moi souvent qu'elle aimait s'adresser —, révélait tout un monde enfoui sous les leçons du catéchisme : « Avant, disait-elle, avant l'arrivée des Blancs, il y avait dans chaque enclos un serpent familier et on le respectait car lui seul connaissait le chemin qui mène au pays des esprits des morts et sa présence était pour nous le signe de leur bienveillance. »

Je voudrais tant croire que ce serpent était bien le signe envoyé par tous ceux qui ont péri, qu'ils me disaient que je n'avais pas trahi les miens, que c'était bien pour eux que j'avais dû suivre le long détour de l'exil, que j'étais revenue à leur appel pour recevoir en dépôt la mémoire de leurs souffrances et de leurs morts.

Oui, je suis bien celle qu'on appelait toujours de son nom rwandais, celui que m'avait donné mon père, Mukasonga, mais désormais, je garde en moi, et comme faisant partie du plus intime de moi-même, les débris de vie, les noms de ceux qui, à Gitwe, à Gitagata, à Cyohoha, resteront sans sépultures. Les assassins ont voulu effacer jusqu'à leur mémoire mais, dans le cahier d'écolier qui ne me quitte plus, je consigne leurs noms et je n'ai pour les miens et tous ceux qui sont tombés à Nyamata que ce tombeau de papier.

DE LA MÊME AUTRICE

Aux Éditions Gallimard

INYENZI OU LES CAFARDS, 2006 (Folio n° 5709).

LA FEMME AUX PIEDS NUS, 2008 (Folio n° 5382). Prix Seligmann 2008 de la Chancellerie des Universités de Paris « contre le racisme, l'injustice et l'intolérance ».

L'IGUIFOU : NOUVELLES RWANDAISES, 2010 (Folio n° 5987). Prix Renaissance de la nouvelle 2011, prix Paul Bourdarie 2011 décerné par l'Académie des sciences d'Outre-mer.

NOTRE-DAME DU NIL, 2012 (Folio n° 5708). Prix Ahmadou Kourouma décerné par le Salon international du livre et de la presse de Genève, prix Océans France Ô et prix Renaudot 2012.

CE QUE MURMURENT LES COLLINES, 2014 (Folio n° 5929, repris en partie en Folio 2 € n° 6162 sous le titre LA VACHE DU ROI MUSINGA ET AUTRES NOUVELLES RWANDAISES). Grand Prix SGDL de la nouvelle 2015.

CŒUR TAMBOUR, 2016 (Folio n° 6435).

UN SI BEAU DIPLÔME, 2018 (Folio n° 6838).

KIBOGO EST MONTÉ AU CIEL, 2020.

COLLECTION FOLIO

Dernières parutions

6607. Fabrice Caro — *Figurec*
6608. Olivier Chantraine — *Un élément perturbateur*
6610. Roy Jacobsen — *Les invisibles*
6611. Ian McEwan — *Dans une coque de noix*
6612. Claire Messud — *La fille qui brûle*
6613. Jean d'Ormesson — *Je dirai malgré tout que cette vie fut belle*
6614. Orhan Pamuk — *Cette chose étrange en moi*
6615. Philippe Sollers — *Centre*
6616. Honoré de Balzac — *Gobseck* et autres récits d'argent
6618. Chimamanda Ngozi Adichie — *Le tremblement* précédé de *Lundi de la semaine dernière*
6619. Elsa Triolet — *Le destin personnel* suivi de *La belle épicière*
6620. Brillat-Savarin — *Dis-moi ce que tu manges, je te dirai ce que tu es*
6621. Lucrèce — *L'esprit et l'âme se tiennent étroitement unis. De la nature, Livre III*
6622. La mère du révérend Jôjin — *Un malheur absolu*
6623. Ron Rash — *Un pied au paradis*
6624. David Fauquemberg — *Bluff*
6625. Cédric Gras — *La mer des Cosmonautes*
6626. Paolo Rumiz — *Le phare, voyage immobile*
6627. Sebastian Barry — *Des jours sans fin*
6628. Olivier Bourdeaut — *Pactum salis*
6629. Collectif — *À la table des diplomates. L'histoire de France*

racontée à travers ses grands repas. 1520-2015

6630. Anna Hope — *La salle de bal*
6631. Violaine Huisman — *Fugitive parce que reine*
6632. Paulette Jiles — *Des nouvelles du monde*
6633. Sayaka Murata — *La fille de la supérette*
6634. Hannah Tinti — *Les douze balles dans la peau de Samuel Hawley*
6635. Marc Dugain — *Ils vont tuer Robert Kennedy*
6636. Collectif — *Voyageurs de la Renaissance. Léon l'Africain, Christophe Colomb, Jean de Léry et les autres*
6637. François-René de Chateaubriand — *Voyage en Amérique*
6638. Christelle Dabos — *La Passe-miroir, Livre III. La mémoire de Babel*
6639. Jean-Paul Didierlaurent — *La fissure*
6640. David Foenkinos — *Vers la beauté*
6641. Christophe Honoré — *Ton père*
6642. Alexis Jenni — *La conquête des îles de la Terre Ferme*
6643. Philippe Krhajac — *Un dieu dans la poitrine*
6644. Eka Kurniawan — *Les belles de Halimunda*
6645. Marie-Hélène Lafon — *Nos vies*
6646. Philip Roth — *Pourquoi écrire ? Du côté de Portnoy – Parlons travail – Explications*
6647. Martin Winckler — *Les Histoires de Franz*
6648. Julie Wolkenstein — *Les vacances*
6649. Naomi Wood — *Mrs Hemingway*
6650. Collectif — *Tous végétariens ! D'Ovide à Ginsberg, petit précis de littérature végétarienne*
6651. Hans Fallada — *Voyous, truands et autres voleurs*
6652. Marina Tsvétaïéva — *La tempête de neige – Une aventure*

6653. Émile Zola — *Le Paradis des chats*
6654. Antoine Hamilton — *Mémoires du comte de Gramont*
6655. Joël Baqué — *La fonte des glaces*
6656. Paul-Henry Bizon — *La louve*
6657. Geneviève Damas — *Patricia*
6658. Marie Darrieussecq — *Notre vie dans les forêts*
6659. Étienne de Montety — *L'amant noir*
6660. Franz-Olivier Giesbert — *Belle d'amour*
6661. Jens Christian Grøndahl — *Quelle n'est pas ma joie*
6662. Thomas Gunzig — *La vie sauvage*
6663. Fabrice Humbert — *Comment vivre en héros ?*
6664. Angela Huth — *Valse-hésitation*
6665. Claudio Magris — *Classé sans suite*
6666. János Székely — *L'enfant du Danube*
6667. Mario Vargas Llosa — *Aux Cinq Rues, Lima*
6668. Alexandre Dumas — *Les Quarante-Cinq*
6669. Jean-Philippe Blondel — *La mise à nu*
6670. Ryôkan — *Ô pruniers en fleur*
6671. Philippe Djian — *À l'aube*
6672. Régis Jauffret — *Microfictions II. 2018*
6673. Maylis de Kerangal — *Un chemin de tables*
6674. Ludmila Oulitskaïa — *L'échelle de Jacob*
6675. Marc Pautrel — *La vie princière*
6676. Jean-Christophe Rufin — *Le suspendu de Conakry. Les énigmes d'Aurel le Consul*
6677. Isabelle Sorente — *180 jours*
6678. Victor Hugo — *Les Contemplations*
6679. Michel de Montaigne — *Des Cannibales / Des coches*
6680. Christian Bobin — *Un bruit de balançoire*
6681. Élisabeth de Fontenay et Alain Finkielkraut — *En terrain miné*
6682. Philippe Forest — *L'oubli*
6683. Nicola Lagioia — *La Féroce*
6684. Javier Marías — *Si rude soit le début*

6685. Javier Marías — *Mauvaise nature. Nouvelles complètes*
6686. Patrick Modiano — *Souvenirs dormants*
6687. Arto Paasilinna — *Un éléphant, ça danse énormément*
6688. Guillaume Poix — *Les fils conducteurs*
6689. Éric Reinhardt — *La chambre des époux*
6690. Éric Reinhardt — *Cendrillon*
6691. Jean-Marie Rouart — *La vérité sur la comtesse Berdaiev*
6692. Jón Kalman Stefánsson — *Ásta*
6693. Corinne Atlan — *Petit éloge des brumes*
6694. Ludmila Oulitskaïa — *La soupe d'orge perlé* et autres nouvelles
6695. Stefan Zweig — *Les Deux Sœurs* précédé d'*Une histoire au crépuscule*
6696. Ésope — *Fables* précédées de la *Vie d'Ésope*
6697. Jack London — *L'Appel de la forêt*
6698. Pierre Assouline — *Retour à Séfarad*
6699. Nathalie Azoulai — *Les spectateurs*
6700. Arno Bertina — *Des châteaux qui brûlent*
6701. Pierre Bordage — *Tout sur le zéro*
6702. Catherine Cusset — *Vie de David Hockney*
6703. Dave Eggers — *Une œuvre déchirante d'un génie renversant*
6704. Nicolas Fargues — *Je ne suis pas une héroïne*
6705. Timothée de Fombelle — *Neverland*
6706. Jérôme Garcin — *Le syndrome de Garcin*
6707. Jonathan Littell — *Les récits de Fata Morgana*
6708. Jonathan Littell — *Une vieille histoire.* Nouvelle version
6709. Herta Müller — *Le renard était déjà le chasseur*
6710. Arundhati Roy — *Le Ministère du Bonheur Suprême*
6711. Baltasar Gracian — *L'Art de vivre avec élégance.*

6739. Zadie Smith *Swing Time*
6740. Serge Toubiana *Les bouées jaunes*
6741. C. E. Morgan *Le sport des rois*
6742. Marguerite Yourcenar *Les Songes et les Sorts*
6743. Les sœurs Brontë *Autolouange* et autres poèmes
6744. F. Scott Fitzgerald *Le diamant gros comme le Ritz*
6745. Nicolas Gogol *2 nouvelles de Pétersbourg*
6746. Eugène Dabit *Fauteuils réservés* et autres contes
6747. Jules Verne *Cinq semaines en ballon*
6748. Henry James *La Princesse Casamassima*
6749. Claire Castillon *Ma grande*
6750. Fabrice Caro *Le discours*
6751. Julian Barnes *La seule histoire*
6752. Guy Boley *Quand Dieu boxait en amateur*
6753. Laurence Cossé *Nuit sur la neige*
6754. Élisabeth de Fontenay *Gaspard de la nuit*
6755. Elena Ferrante *L'amour harcelant*
6756. Franz-Olivier Giesbert *La dernière fois que j'ai rencontré Dieu*
6757. Paul Greveillac *Maîtres et esclaves*
6758. Stefan Hertmans *Le cœur converti*
6759. Anaïs LLobet *Des hommes couleur de ciel*
6760. Juliana Léveillé-Trudel *Nirliit*
6761. Mathieu Riboulet *Le corps des anges*
6762. Simone de Beauvoir *Pyrrhus et Cinéas*
6763. Dōgen *La présence au monde*
6764. Virginia Woolf *Un lieu à soi*
6765. Benoît Duteurtre *En marche !*
6766. François Bégaudeau *En guerre*
6767. Anne-Laure Bondoux *L'aube sera grandiose*
6768. Didier Daeninckx *Artana ! Artana !*
6769. Jachy Durand *Les recettes de la vie*
6770. Laura Kasischke *En un monde parfait*
6771. Maylis de Kerangal *Un monde à portée de main*
6772. Nathalie Kuperman *Je suis le genre de fille*
6773. Jean-Marie Laclavetine *Une amie de la famille*

6774. Alice McDermott *La neuvième heure*
6775. Ota Pavel *Comment j'ai rencontré les poissons*
6776. Ryoko Sekiguchi *Nagori. La nostalgie de la saison qui vient de nous quitter*
6777. Philippe Sollers *Le Nouveau*
6778. Annie Ernaux *Hôtel Casanova* et autres textes brefs
6779. Victor Hugo *Les Fleurs*
6780. Collectif *Notre-Dame des écrivains. Raconter et rêver la cathédrale du Moyen Âge à demain*
6781. Carole Fives *Tenir jusqu'à l'aube*
6782. Esi Edugyan *Washington Black*
6783. J.M.G. Le Clézio *Alma*. À paraître
6784. Emmanuelle Bayamack-Tam *Arcadie*
6785. Pierre Guyotat *Idiotie*
6786. François Garde *Marcher à Kerguelen*. À paraître
6787. Cédric Gras *Saisons du voyage*. À paraître
6788. Paolo Rumiz *La légende des montagnes qui naviguent*. À paraître
6789. Jean-Paul Kauffmann *Venise à double tour*
6790. Kim Leine *Les prophètes du fjord de l'Éternité*
6791. Jean-Christophe Rufin *Les sept mariages d'Edgar et Ludmilla*
6792. Boualem Sansal *Le train d'Erlingen ou La métamorphose de Dieu*
6793. Lou Andreas-Salomé *Ce qui découle du fait que ce n'est pas la femme qui a tué le père* et autres textes psychanalytiques
6794. Sénèque *De la vie heureuse* précédé de *De la brièveté de la vie*
6795. Famille Brontë *Lettres choisies*
6796. Stéphanie Bodet *À la verticale de soi*

6797. Guy de Maupassant — *Les Dimanches d'un bourgeois de Paris* et autres nouvelles
6798. Chimamanda Ngozi Adichie — *Nous sommes tous des féministes* suivi du *Danger de l'histoire unique*
6799. Antoine Bello — *Scherbius (et moi)*
6800. David Foenkinos — *Deux sœurs*
6801. Sophie Chauveau — *Picasso, le Minotaure. 1881-1973*
6802. Abubakar Adam Ibrahim — *La saison des fleurs de flamme*
6803. Pierre Jourde — *Le voyage du canapé-lit*
6804. Karl Ove Knausgaard — *Comme il pleut sur la ville. Mon combat - Livre V*
6805. Sarah Marty — *Soixante jours*
6806. Guillaume Meurice — *Cosme*
6807. Mona Ozouf — *L'autre George. À la rencontre de l'autre George Eliot*
6808. Laurine Roux — *Une immense sensation de calme*
6809. Roberto Saviano — *Piranhas*
6810. Roberto Saviano — *Baiser féroce*
6811. Patti Smith — *Dévotion*
6812. Ray Bradbury — *La fusée* et autres nouvelles
6813. Albert Cossery — *Les affamés ne rêvent que de pain*
6814. Georges Rodenbach — *Bruges-la-Morte*
6815. Margaret Mitchell — *Autant en emporte le vent I*
6816. Margaret Mitchell — *Autant en emporte le vent II*
6817. George Eliot — *Felix Holt, le radical.* À paraître
6818. Goethe — *Les Années de voyage de Wilhelm Meister*
6819. Meryem Alaoui — *La vérité sort de la bouche du cheval*
6820. Unamuno — *Contes*
6821. Leïla Bouherrafa — *La dédicace*. À paraître

6822. Philippe Djian	*Les inéquitables*
6823. Carlos Fuentes	*La frontière de verre.* Roman en neuf récits
6824. Carlos Fuentes	*Les années avec Laura Díaz.* Nouvelle édition augmentée
6825. Paula Jacques	*Plutôt la fin du monde qu'une écorchure à mon doigt.* À paraître
6826. Pascal Quignard	*L'enfant d'Ingolstadt. Dernier royaume X*
6827. Raphaël Rupert	*Anatomie de l'amant de ma femme*
6828. Bernhard Schlink	*Olga*
6829. Marie Sizun	*Les sœurs aux yeux bleus*
6830. Graham Swift	*De l'Angleterre et des Anglais*
6831. Alexandre Dumas	*Le Comte de Monte-Cristo*
6832. Villon	*Œuvres complètes*
6833. Vénus Khoury-Ghata	*Marina Tsvétaïéva, mourir à Elabouga*
6834. Élisa Shua Dusapin	*Les billes du Pachinko*
6835. Yannick Haenel	*La solitude Caravage*
6836. Alexis Jenni	*Féroces infirmes*
6837. Isabelle Mayault	*Une longue nuit mexicaine*
6838. Scholastique Mukasonga	*Un si beau diplôme !*
6839. Jean d'Ormesson	*Et moi, je vis toujours*
6840. Orhan Pamuk	*La femme aux cheveux roux*
6841. Joseph Ponthus	*À la ligne. Feuillets d'usine*
6842. Ron Rash	*Un silence brutal*
6843. Ron Rash	*Serena*
6844. Bénédicte Belpois	*Suiza*
6845. Erri De Luca	*Le tour de l'oie*
6846. Arthur H	*Fugues*
6847. Francesca Melandri	*Tous, sauf moi*
6848. Eshkol Nevo	*Trois étages*
6849. Daniel Pennac	*Mon frère*
6850. Maria Pourchet	*Les impatients*

Composition : Nord Compo
Impression Novoprint
à Barcelone, le 20 janvier 2021
Dépôt légal : janvier 2021
1er dépôt légal dans la collection : janvier 2014

ISBN 978-2-07-045738-0./ Imprimé en Espagne.

379029